桂冠译丛

神圣的夜晚
La Nuit Sacrée

〔摩洛哥〕塔哈尔·本·杰伦 著
Tahar Ben Jelloun
黄蓉美 余方 译

人民文学出版社
PEOPLE'S LITERATURE PUBLISHING HOUSE

著作权合同登记号　图字 01-2018-4297

Tahar Ben Jelloun
La Nuit Sacrée
© Editions du Seuil，1987

图书在版编目（**CIP**）数据

神圣的夜晚/（摩洛哥）塔哈尔·本·杰伦著；黄蓉美，余方译．—北京：人民文学出版社，2018
（桂冠译丛）
ISBN 978-7-02-014226-2

Ⅰ.①神… Ⅱ.①塔… ②黄… ③余… Ⅲ.①长篇小说-摩洛哥-现代 Ⅳ.①I416.45

中国版本图书馆 CIP 数据核字（2018）第 087683 号

责任编辑　朱卫净　何炜宏
装帧设计　李　佳

出版发行　人民文学出版社
社　　址　北京市朝内大街 166 号
邮　　编　100705
网　　址　www.rw-cn.com

印　　刷　上海盛通时代印刷有限公司
经　　销　全国新华书店等

字　　数　85 千字
开　　本　889×1194 毫米　1/32
印　　张　4.375
版　　次　2018 年 10 月北京第 1 版
印　　次　2018 年 10 月第 1 次印刷

书　　号　978-7-02-014226-2
定　　价　29.00 元

如有印装质量问题，请与本社图书销售中心调换。电话：010-65233595

开场白

　　如今我已年迈，可以坦然度日。我要说话，卸下言词和岁月的重负。我稍感疲惫。岁月的重压尚能忍受，而负担最重的是埋藏在心底、我长期缄默和掩饰的那些事。我哪里想到充斥我记忆的沉默和探究的目光竟如沉重的沙袋，使我步履维艰。

　　我花了不少时间才来到你们中间。好人们哪！广场总是让我团团转，好比一个人昏头昏脑，找不着出路。一切依旧。天没有变，人也没有变。

　　我很高兴终于来到这里。你们是我的解脱，是我眼中的光明。我有许多好看的皱纹。额上的皱纹是真相的磨难留下的印记。它们是时间的谐音。手背上的皱纹是命运纹。你们看，这些纹路纵横交错，标志着命运的历程，描绘出一颗流星坠入湖中的轨迹。

　　我的故事就写在那上面：每道皱纹代表一段历程，或是一条冬夜走过的路，晨雾弥漫中的一股清泉，或是林中的相遇，一次决裂，一座坟墓，一轮似火的骄阳……这左手背上的是一道疤痕；有一日死神曾在这里盘桓，并递给我一根杆子，也许为了拯救我。可我推开了它，并且转过身去。只要不妄想让江水改道，一切就都很简单。我的故事既不惊天动地，也不悲切凄婉，只是非同寻常而已。我战胜了一切暴力才赢得了激情，成为一个难解的谜。我在沙漠里走了很久；我曾在黑夜里踽踽独行，也曾把悲痛强压在心底。在那些最美好的日子里，似乎一切都风平浪静，而我却清醒地感到了潜在的凶险。

　　好人们哪！我要告诉你们的事情似乎是真实的。我欺骗过，爱过，也背叛过。我四处漂泊，经历过岁月的风雨。我经常远走他乡，我是世间最孤寂的人。我在一个秋日步入了老年，而脸庞却回到了童年，我是说它显出了我曾被剥夺的孩提的纯真。请你们回忆一下！我曾经是一个来历不明、身份含混的人。我屈从一个因没有儿子而感到屈辱和自卑的父亲的意志，被迫女扮男装。你们知道，我在他心目中就是那梦寐以求的儿子，其他的情况，你们中某些人已经了解；其他人也已从各种渠道略知一二。胆敢讲述这虚无缥缈的沙土之躯的经历的人都遇到了麻烦：有的人失去了记忆；有的人险些失去灵魂。你们听到过一些传闻，但那并不很确切。即便是身陷囹圄，与世隔绝，我也能知道外界的动态。我既不惊恐，也不慌乱。我很清楚，我虽然销声匿迹，但我的经历足以让人们编出许许多多荒诞不经的天方夜谭来。然而，我的经历毕竟不是故事，因此我必须澄清事实，向你们揭示埋在那座深宅大院内一块黑石下的秘密，这个宅院坐落在一条封闭在七扇门内的小巷深处。

一　现场见闻

一番忏悔之后，说书人又不见了。没有人试图挽留他，或者和他探讨。他起身收起那些经月光漂洗已发了黄的手稿，头也不回地消失在人群中。

听他讲过故事的人此时都惊得目瞪口呆。他们不清楚这位一向深受爱戴的名艺人今天是怎么回事。他开讲了一段以后就撂下不管了，不是接着往下讲，反说他不该讲这个故事，因为他是个被灾星缠身的人。

有些听众已不像原先那样着迷。他们疑惑不解。他们不喜欢他这种失魂落魄、默默无语、像是在期待什么的神情。以往他们总是全神贯注地听他说，可如今却对他失去了信任。他们确信他已失去记忆，只是不敢承认而已。这个说书人诚然已记忆衰竭，但却不乏想象力。请看证据：他仿佛突然从沙漠中走来，脸晒得黝黑，嘴唇因炎热与干渴而开裂，双手因搬运石块而变得粗糙，声音沙哑，仿佛喉咙遭受了飞沙走石的侵袭，两眼凝望高远深邃的天空。他似乎同高栖于云端宝座之上的无法看见的某个人在谈话，他朝向他，像是请他作证。听众追随他的手势和眼神。可他们什么也看不见。有人想象那是一位骑骆驼的老者，他挥手表示不愿听艺人的叙述。

他叽里咕噜说一些谁也听不懂的话。这并不奇怪。他讲故事的时候经常夹杂一些不知属于什么语言的词汇，还居然能巧妙地让人明白他的意图。大家也都笑了。可是此刻他尽说一些断断续续不连贯的句子，舌头像许多拌有唾沫的小石子在滚动，而后又打起结来。说书人羞红了脸，他明白他并非丧失理智——他并不迷恋理智，而是丧失了听众。有一对夫妇一言不发地起身走了。接着有两个男人也嘟哝着拂袖而去。这是不祥之兆。布沙依布的听众从不中途退场。他们从未不欢而散。他把目光由高远的天际移到退席者的身上，悲哀地望着他们离去；他不明白人们为什么走，为什么不愿听他说下去。他们不再相信他了。这叫他无法接受。身为说书大师，大广场的一代名优，他曾是国王和王侯们的座上客，新一代说书艺人的宗师，而且还在麦加圣地待过一年，他怎能去挽留那些离席的听众，或者请他们回来呢。不，布沙依布决不低声下气，屈尊俯就。"让他们去吧，"他心想，"我的忧伤没有尽头，它化成了一袋石子，我将背负它直至进入坟墓！"

我站在那里，裹在旧长袍里注视着他，一言不发。我该说什么才能表达我的友情呢？我须怎样动作才不至于泄露其中的奥秘？何况我自身又是这奥秘的具体体现！我知道得太多，我在这儿露面也决非偶然。我从遥远的地方归来。我俩的目光相遇了。他的眼中闪烁着令人畏惧的智慧的光芒。他的眼神如痴如醉，难以捉摸。他顿住了。他认出了我就是那不幸年月里幽灵的化身。他倒背双手，来回踱步。我却镇定自若，像贤人般耐心等待。他越来越不安地凝神注视我。他是否认出了我？他从前并未见过我。不过他曾想象过我的脸、我的轮廓以及我的气质。那是一个充满幻觉的年代。在他的构思中，我是倔强的，难以把握的。疯狂已在他的记忆里扎了几个窟窿。疯狂或者欺诈，反正都一样。

随着岁月的流逝和人生的波折，已经没有什么可以令我惊奇、让我反感的了。我于前一天抵达马拉喀什城，决心见见那位因讲述我的故事而断送前程的说书人。我凭直觉来到了他所在的广场，认出了他的听众。我等着他，如同人们等待一位背信弃义的朋友或一个有罪的恋人。我在谷物市场楼上的一个房间里宿了一夜,屋里满是尘埃和骡尿味。我在晨光熹微时醒来,在清真寺的池子里洗了脸。什么都没有变。一切还是老样子。长途汽车站里黑洞洞的,犹如烘面包的烤炉。咖啡馆依然没有门。侍者的胡子刮得很马虎,身上那件礼服熨了大约有上千次,油渍斑斑,亮晶晶的,头发油光可鉴,蝴蝶领结有点歪。这个侍者也装作认出了我。对顾客直呼其名是他的职业习惯。他总是那么自信。他朝我走来,像个老相识一样招呼我:

"一杯热腾腾的桂皮咖啡,外加一块玉米饼,法蒂拉大妈,老规矩……"

他走了,我甚至来不及对他说:"我不叫法蒂拉;我讨厌咖啡里放桂皮,也不喜欢你的玉米饼,而爱吃大麦饼……"

我在一个沙乌亚地区的长途卡车司机身旁坐下吃早点,他吃着蒸羊头,一面喝一大壶薄荷苦艾茶,吃罢连连打了几个饱嗝,一边感谢真主和马拉喀什赐给他如此丰盛的早餐。他望着我,似乎想同我分享他的快乐。我微笑着挥手驱散迎面飘来的印度大麻烟的烟雾。一个骑轻便摩托车的少女从我们跟前驶过,他捋了捋小胡子,那神情仿佛在说:在这么顿美餐之后,若再有位姑娘作陪,最好是黄花闺女,那就心满意足了。

他剔完牙,把头骨架扔给了一群小乞丐,他们挤到一个僻静处,大嚼起残羹来。卡车司机上了车,掉转车头开到咖啡馆前:

"下星期见,夏洛[1]!"他朝侍者喊道。

走出店门的时候,我问侍者这是什么人。

"一个粗人!他自以为可以随心所欲。见我这套衣服太肥,他就

---

[1] 夏洛:英国喜剧演员卓别林所创造的一个可笑的人物。

管我叫夏洛,他把餐桌弄得肮脏不堪,还随地吐痰。可他还自以为是招人喜欢的美男子。这都是因为有一天一个来旅游的德国女人上了他的卡车。他们干了一些肮脏的勾当,完了他整整吹嘘了一年。从那时候起,他来去经过这里都要停下来大嚼一顿羊头肉。您瞧,法蒂拉大妈,这号人最好永远不要下车……"

广场上空无一人。犹如剧场里的舞台,人物将陆续登场。首先到达的是一些来自撒哈拉沙漠卖各种粉剂的商贩:五香粉、散沫花粉、野薄荷粉、石灰、沙子和其他一些精心研磨成粉末状的神奇的东西。接踵而来的是旧书商,他们把一些发了黄的旧书摆在摊上,并点燃了香。

也有的人什么买卖也不做。他们席地而坐,盘起双腿等待着。说书艺人最后到达。他们各有各的规矩。

一个干瘦的高个子男人开始解缠头巾;他抖擞了几下,一些细沙子从上面掉下来。此人来自南方。他在一只胶合板的小箱子上坐下,尽管一个听众也没有,却径自开讲起来。我远远看见他在自言自语,指手画脚,仿佛听众已围成了圈,坐得满满当当。我走过去,听见他正说道:"一群狗正在舔时光的味道。我转过身去,我看见了什么?你们说说,忠实的伙伴们,猜一猜,好人们,我面前那位骑着银色母马、威风凛凛、神气十足、身经百战的美男子是谁?时光淡而无味。面包也不新鲜。肉变了质。骆驼奶油有了哈喇味……像我们的时代一样有哈喇味。哦,过路的朋友……据说这就是生活,可是突然,孤独的秃鹫冒了出来……"

我是唯一的听众。他打住话头朝我走来,用推心置腹的口气对我说:

"假如您在找什么人,我可以帮忙。再说也许我就是您想要找的那位。我的故事很动人。现在开讲为时尚早。我再等一等。您要找的是儿子还是丈夫？要是找儿子，他大概在印度或者中国。要是丈夫么，更好找一些。他想必上了年纪，上年纪的人喜欢在清真寺或者咖啡馆里消磨时间。不过我看您对两者都不感兴趣。您默默无语，说明……说明什么？啊！说明您心底藏着一个秘密，您不愿意再被人打搅。您是那种重视荣誉的人，不喜欢跟人饶舌。朋友，那么您走好，我招呼听众去……"

我头也不回地走了，因为我注意到一个年轻人正在打开一只箱子，动作优雅利落。他从里面拿出一些杂七杂八的东西，一边拿一边还评头论足，仿佛要再现某人的生平、某一段往事、或者某个时期：

"我这儿有几件人生历程片断的见证。这只箱子好比一座房子。它曾经容纳过好几个人的衣物。这根拐杖已无法充当岁月的见证。说不清它已存在了多少年，它原本是古老的核桃树上的一根树枝。它大概为不少老人和独眼人引过路。它沉甸甸的，但并不神秘。现在请看这块表。上面的罗马数字已经很淡。短针停在了中午或午夜 12 点，只有长针在转。表面已经发黄。它的主人是生意人、征服者还是学者？这些七零八碎的鞋又是怎么回事？它们是英国制造的，主人穿着它们，走过那些不沾泥、不带土的地方。您再瞧瞧这个白铜水龙头。这准是某个大户人家的。箱子不会说话，那么只有我来问它了。现在请看这张照片。上面留下了岁月的足迹。这是一张全家福，写明'1922 年，摄于拉扎尔'。中间那位是父亲——也许是祖父。他的礼服很漂亮。他两手扶在银手杖上，两眼注视着摄影师。他的妻子缩在一边，看不太清楚。她的裙子很长。一个小男孩穿着旧衬衫，系着领结坐在母亲脚跟前。旁边有一条小狗，一副无精打采的样子。一个少妇站在那儿，显得有些孤独。她长得很美。她在恋爱，正想着心上人。他不在此地，在法国或者安的列斯群岛。我喜欢想象这位少妇和她恋人的爱情故事。他们住在盖里茨高级住宅区。父亲是殖民当局的文职监督官。他和本城的帕夏[1]、赫赫有名的格拉维过从甚密。您从他的脸上可以看出来。照片的背面写着'某日下午好……1922年4月'。您再瞧这串念珠……这上面有珊瑚、琥珀，还有银子……大概是某个伊玛目[2]的，说不定夫人曾把它当项链……这儿是几枚钱币……一个带窟窿的里亚尔[3]……一个生丁[4]……一个摩洛哥法郎……还有一些不再通用的钞票……这儿还有一组假牙……一把刷子……一个瓷碗……一册明信片……我不再往外拿了……把这些叫您厌烦的东西一件件往回放也够啰嗦的……"

我从口袋里掏出一枚戒指，扔到他的箱子里。年轻的说书人仔细看了看，又把它还给了我：

"留着你的戒指吧！这是件稀世珠宝，来自伊斯坦布尔。我看出一些名堂，不过我不想说出来。这是一枚名贵的戒指；它饱经沧桑，满载往事，周游四海。你为什么不想留着它？它莫非是不祥的见证？不，如果你想给点什么，就请打开你的钱包，要不，就什么也不用给。你最好还是请便吧！"

在众人不安的注视下，我默默走出人圈。我常常在路上遇见一些人，他们对我的到来、我的姿态或手势反映强烈。我心想我和他们想必具有同样的素质，同样的敏感性。我并不怨恨他们。我默默离去，确信我们的目光将会在同一激情的驱使下重新相遇。

我正想着这家被零零碎碎从箱子里抖搂出来的法国殖民者的命

---

1 帕夏：奥斯曼帝国的各省总督；旧时土耳其对某些显赫人物的荣誉称号。
2 伊玛目：阿拉伯语，某些伊斯兰教国家元首的称号或指伊斯兰教教长。
3 里亚尔：阿拉伯也门货币单位。
4 生丁：法国辅币名，等于百分之一法郎

运,只见一个女人在原地转圈,以便展开那当长袍穿的长长的白裹毯。用这种舞蹈姿势袒露身姿的做法有些淫荡。从她臀部几乎没有节律的微微抖动中,我顿时觉出了这一点。她慢慢举起双臂,胸部几乎也跟着颤动。看热闹的人马上围成了圈。她年纪还轻,而且很漂亮。浅褐色的眼睛大大的,皮肤呈暗棕色,双腿纤细,笑起来透出一股机灵劲儿。她到广场这个男人和几个老丐婆的天下来干什么?我们正在纳闷,她拿出一盘柏柏尔人[1]的音乐磁带放进了收录机里,踏了几下舞步,然后又拿起带电池的话筒对我们说起来:

"我来自南方,来自黄昏,我从山上走下来,走呀走,我曾在枯井中歇宿,我曾穿越黑夜和沙漠,我来自时间之外的季节,我被载入了一本书里,我就是这本从未打开、从未被阅读的书,先人们把它写成,光荣归于他们,是他们派我来告诉你们,通知你们,同你们说,同你们讲。不要太靠近我。让微风去读那头几行字吧。你们什么也听不到。大家肃静,且听我道来:从前有一个以沙漠为家的贝都因民族[2],他们浪漫、粗犷、豪情满怀,驼奶和椰枣是他们的食粮;在谬误的驱使下,他们臆造了本民族的神夷……他们中有些人担心有失体面,害怕蒙受羞辱,就设法摆脱那些女性后裔;他们让幼女出嫁,或者将她们活埋。这些人被罚永世受地狱之苦。伊斯兰的教义揭露了他们的罪行。真主说过:'在你们周围的贝都因人和麦地那[3]的居民中,有一些执迷不悟的伪君子。你认不出他们;而我们,我们却能辨认。我们将加倍惩罚他们,他们将受到严厉的惩处。'我今天之所以用韵语隐晦曲折地同你们说话,是因为长期以来,我尽听见一些言不

---

[1] 柏柏尔人:北非土著,散居于摩洛哥、阿尔及利亚、突尼斯、利比亚和埃及的部落里。大量的现代柏柏尔人移居西班牙、法国和其他一些地方做工。
[2] 贝都因民族:中东沙漠,特别是阿拉伯、伊拉克、叙利亚和约旦等地讲阿拉伯语的游牧民族。
[3] 麦地那:沙特阿拉伯西部汉志区中部省份,有先知穆罕默德的墓地,为伊斯兰教最神圣的地方之一。

由衷的话，它们并非记载在哪本书上，而是来自那使谬种得以流传的黑夜……"

人群中产生了一阵小小的骚动，有人惊愕，有人莫名其妙。一些人低声嘟哝，旁的人耸耸肩膀。有一人高声说：

"我们是来听音乐和看您跳舞的……这里又不是清真寺……"

一个英俊的青年男子插话道：

"我很愿意听您讲，夫人。您不用去理他们；他们这么说是因为他们同贝都因人沾亲带故！"

另一个年轻人说：

"讲故事就讲故事，不用说教！再说，从什么时候起，女人还没有上年纪就敢这样放肆？难道您没有父兄或者丈夫来管束管束吗？"

这类议论似乎早在她意料之中，她用甜甜的、但带讥讽的口吻对这个家伙说：

"我没有兄弟，你愿不愿意当我的兄弟？要么你就当那个放纵肉欲，以至沉溺在黏糊糊、毛茸茸的大腿中间完全忘乎所以的丈夫？或者当这么个男人，他专门收集淫秽照片，冷寂难捱的时候就拿出来解解馋，压在他那性欲无处发泄的身子底下揉得皱皱巴巴的？啊！也许你是那位被狂热和羞耻断送了性命的父亲，是他这种邪恶的情感迫使你远走他乡，流落到南部荒漠？"

她笑着俯身拾起裹毯的一头系在腰上，请那年轻人拿着另一头。她缓缓地原地转圈，几乎不见双脚在挪动，直到把裹毯全都缠到了身上：

"谢谢！真主保佑你改邪归正！你的眼睛很美；你得刮刮胡子；阳刚之气在别处，不在躯体上，大概在灵魂里！别了……我还有别的书要打开……"

她看见我，吃了一惊，对我说：

"你一声不吭，是从哪儿来的？"

不等我回答，她就扬长而去，无影无踪了。

我真想对她讲讲我的经历。她会把所听到的编成书，并且四处传播。我完全想象得出她会怎样把锁住我故事的门——打开，并且把最终的秘密深藏起来。

我在阳光下昏昏欲睡。一阵冷风夹带着尘土将我吹醒。我不清楚是做了一场梦，还是真正见到了这位少妇，并且听她讲过话。我四周围拢了一圈形形色色的人，都专注地望着我。他们以为我在表演，在假装瞌睡，或者以为我在沉思默想，追忆某一段往事。我很难站起身来一走了事。我睁开眼睛时，他们全都肃静下来，竖起耳朵屏息静听。我决定对他们讲点什么，免得他们过于扫兴。

"朋友！黑夜在我眼皮后面伫留，它曾清理我的头脑，这些日子我的头脑很疲劳。我长途跋涉，风尘仆仆，我曾仰望漆黑的夜空，也曾目睹河水暴涨，我涉过漫漫的沙海，有过徒劳的会晤，那些冰冷的房子、湿润的脸庞，那一路的奔波……昨天一阵风把我吹到了这里，我心里清楚，这是来到了最后一扇门前，还不曾有人开启过它，它是堕落灵魂的归宿，无法为它命名，因为它面向沉寂，通往一座房子，在那里问题一出口，犹如水泥滴在石缝间。请你们设想一所宅院，里面每块石头代表逝去的某个吉日或者凶日，石头间的晶体都已凝固，每颗砂石代表一种思想，也许甚至一个音符。进入这所宅院的灵魂个个赤身裸体，无法欺骗或者伪装，因为那是真理的天地。每说一句假话，无论有意还是无意，都会使一颗牙齿掉下来。我的牙齿还都完好，因为我才来到门口。我若要跟你们说话，便得多加小心。我将走进这座宅院。你们将能见着我。我还会像现在你们见到的这样：

长袍裹住我的身体,并且庇护着我。你们可能看不见那所房子,至少最初见不到。不过秘密将逐渐被揭示,直至最终袒露无余,慢慢地你们也就能进入到里面。朋友,我应该向你们讲述这个故事。我来到这里的时候,正好负责讲述的说书人掉入了陷阱,他盲目轻率,咎由自取。他掉进了沉睡的蜘蛛编织的网里。他打开了墙上的门,却又扔下不管,他消失在江水中,我的故事就搁浅了。我的身子在江水中随波逐流。汹涌的波涛一浪接一浪地把我卷走。我抵抗过,挣扎过。巨浪有时将我冲上河岸,待潮水一起,便重又将我卷走。我再也来不及思考,来不及行动。结果只得听凭摆布。我的身子被冲洗干净,起了变化。我今天要告诉你们的事情发生在遥远的过去,可是我对一切都记得那么准确。如果我采用一些形象的比喻,那是因为我们彼此还不了解。你们将会看到,在我那所房子里,言词落地,犹如滴滴酸液。我对此有所了解:我的皮肤就是见证。不过现在不谈这个。门将一扇扇打开,也许不按顺序,不过我对你们的要求是紧跟着我,不要急躁。我们本身就是时光的体现。它刻在我们脸上,存在于我们的沉默与期待中。我们切莫辜负忍耐和等待的时光吧。"

二　命运之夜

在那被誉为神圣之夜的斋月的第二十七个夜晚——那伊斯兰教经典中传说决定人们命运的"圣临"之夜，我那生命垂危的父亲将我叫到床头，还了我自由。他就这样解放了我，犹如当年奴隶主解放奴隶一般。家里没有别人，屋门上了闩。他低声向我诉说着。死神就在近旁，在这间只燃着一支蜡烛的昏暗的房间里徘徊。夜色渐深，死神步步逼近，渐渐掳走他脸上的血色。仿佛有一只手摸过他的额头，洗净了生命的足迹。他神色坦然，和我直谈到东方破晓。召唤人们祈祷和诵读《古兰经》的声音不绝于耳。人说这一夜属于孩子们，他们自视为天使或不受命运摆布的天堂小鸟。他们嬉戏街头，其喧嚷声与穆安津[1]那为使真主听得更真切而在话筒前声嘶力竭的喊叫声混成了一片。父亲露出一丝笑容，仿佛在说这个可怜的穆安津只会背诵《古兰经》，而对其实质却一窍不通。

我坐在床脚一个靠垫上，与父亲头挨着头。我听着他讲，不去打断他。

我的脸颊感觉到他的呼吸。他呼出的恶臭气息并不让我讨厌。他喃喃地说道：

"你知道吗，今天夜里任何一个孩子都不应该死去，不应该受苦。因为'今夜胜过百年'。他们在那儿准备接待上天派来的天使。'天使和神灵今夜降临人间，秉承真主的旨意，来到凡间处理诸事。'这是

---

[1] 穆安津：在清真寺尖塔上报祈祷时间的人，原意为"宣告者"。

圣洁的夜，但孩子们却一点也不纯洁。他们甚至是可怕的。如果说今夜属于他们，它也属于我们，属于我和你。这将是第一夜，也是最后一夜。斋月的第二十七夜适宜于忏悔，大概也适宜于宽恕。不过天使就要来到我们中间整顿秩序，我必须谨慎从事。我要在他们干预之前还事情的本来面目。表面看来他们天真烂漫，但有时也会铁面无私。整饬首先必须承认谬误，正是这可恶的幻觉，使我们全家陷入了厄运。给我一点水喝，我喉咙干得很。告诉我，你多大了？我都不会数数了……"

"快二十岁……"

"欺骗了二十年，最糟糕的是骗人的是我，而你是无辜的，无辜的，或者几乎是无辜的。遗忘最终已不再是一种嗜好，而成了一种病态。原谅我，我是想把从不敢向别人吐露的实情告诉你，连你母亲也蒙在鼓里。哦！我尤其不想让你母亲知道，她是一个没有个性的女人，整天愁眉苦脸，只知一味顺从，真叫人厌烦！她总是唯唯诺诺，从不违抗，不过她的沉默孤寂本身就意味着反抗。她从小所受的完全是怎样当贤妻良母的正统教育。我认为这很正常，也很自然。也许她的反抗表现为暗中报复：她一次又一次地怀孕，接二连三地给我生女儿，用一大堆不受欢迎的丫头来折磨我；我忍受着；我放弃祈祷，拒绝接受她强加于我的一切。每逢上清真寺，我不是去履行每日五礼拜的仪式，而是着手考虑一些复杂的计划来摆脱这种谁也不幸福的困境。今天我向你承认我曾经起过谋害的念头。在象征德行和宁静的圣殿里产生邪念，这种做法使我兴奋异常。我反复琢磨怎样才能干得漂亮。啊！我邪恶但又懦弱。可是邪恶容不得懦弱。若要阴谋得逞，就不能畏首畏尾，左顾右盼。可是我却迟迟疑疑。当斑疹伤寒在这一带流行的时候，我试图将瘟神引进家门。我不让你母亲和姐姐接受预防接种，也不让她们服用发给的药。而我自己却服了药；我必须活着，好为她们送终，好重新安排生活。多么可耻，多么卑鄙！然而，机遇和命运却把瘟神从我们家引了开去。左邻右舍先后都染上了斑疹伤寒，但它独独绕过我们家，然后才继续蔓延。哦，女儿，跟你说这个，我感到羞耻。可是在这神圣的夜晚，真理总会在我们身上显现，不管我们自觉还是不自觉。你必须听我说，即使你感到恶心。有一股晦气降临在我们家。我那几个兄弟在拼命暗算我。他们几乎毫不掩饰对我的憎恨。他们的言谈和客套都能把我激怒。我受不了他们的虚情假意。可是，当我独自躲进清真寺的时候，脑子里想的其实也和他们一样。要是换了我，我也许会产生同样的念头，同样的欲求，同样的妒恨。不过他们所觊觎的是我的财产，而不是我的女儿。给我倒点茶，夜将是漫长的。你把窗帘拉上；也许这样那个蠢货的叫喊声不会那么吵人。领悟教义必须凝神静气，不能这样大声喧哗，这会使命运诸神深为不快的。你知道这些天神们在几个钟头里要完成什么样的工作吗？清扫！整顿！无论如何，他们是能胜任的。我感到他们已经在这房间里了。我要帮助他们清扫。我希望干干净净地走，把压了我大半生的耻辱洗净。我年轻的时候也曾胸怀壮志：我想周游四海，开阔眼界；我曾有志当个音乐家；我想有个儿子，希望当他的父亲和朋友，潜心教育他，创造一切条件帮助他实现志向……我满怀希望，简直到了疯狂的地步。可是没有人能同我分享这种热望。你母亲没有丝毫激情。她死气沉沉。她总是那样死气沉沉，毫无生气。她有哪天感到过幸福呢？至今我还纳闷。而我又无力使她幸福，让她欢笑。不，连我自己也是死气沉沉的；被一种晦气笼罩着。我决计要振作起来。可是只有生个儿子才能让我高兴，使我振奋。我将孕育一个儿子，哪怕违反天意。这个念头改变了我的生活。在你母亲和她的女儿们看来，我仍然一如既往。我还是冷冰冰的，不太宽容。可是我的内心却松快了许多。我不再在清真寺里酝酿毁灭性计划。我另有计划，我要为你创造最好的条件，每当想到你，我就浮想联翩。在我的想象中，你长得魁梧英俊。你先是存在于我的脑海中，后来你离开娘胎来到了这个世界，但你并没有离开我的脑海。你一直留在那里，直到最近。是的，我想象你又高大，又英俊，其实你并不高，你的美貌也叫人难以捉摸……几点了？不，别告诉我，我知道钟点，即使睡着了也知道；大约三点过几分。天神们也许已经干完一半活儿了。他们总是两人同行。这主要是为了便于运送灵魂。他们一个停在你的右肩，另一个停在左肩，然后一起使劲，用优美舒缓的动作把人的灵魂送上天堂。不过今天夜里他们只清扫。他们顾不上我这个快咽气的老头子了。我还能对你讲几个钟头，直到太阳升起，人们做完晨祷之后，这第一次祈祷是很短的，仅仅为了迎接黎明的曙光……啊！我刚才讲到你出生时的情景……我多么喜悦，多么幸福啊。当产婆把我叫去看一切已如何照老规矩料理妥帖的时候，我看见，我不是在想象或是臆断，我确实看见她怀里抱着的是一个男孩，而不是女孩。我当时已经神魂颠倒，我从来没有在你身上看见女人的特征。我是完完全全的睁眼瞎。好在现在也没有什么关系了。你降生时那美妙的一刻永远留在了我的记忆里。表面上我一如既往：一个喜添贵子的富商。然而实际上，每当夜阑人静，恶魔就来纠缠我，使我不得安宁。啊！我虽然像往常一样来回奔忙，可是内心深处，邪恶正摧毁我的精神和肌体。犯罪感、负疚感和恐惧一起向我袭来。我受到沉重的压力。我无颜再祈祷，我缺乏勇气。而你，你裹在光华的外衣里成长起来，像个小王子，没有像别的孩子那样遭罪。悬崖勒马为时已晚，天机不可泄露。恢复事情的本来面目已断不可能。我的儿子，我的女儿，决不能让任何人知道事情的真相。这很不容易。真奇怪,一个濒临死亡的人头脑反倒如此清醒。我这番话不是凭空臆造的,我是在一堵白墙上读到,天使在那上面歇息。我看见他们了。我必须告诉你我多么憎恨你母亲。我从来没有爱过她。我知道你有时候也思忖你父亲和母亲之间究竟是否有爱情?爱情!我们的文学作品,尤其是诗歌,经常歌颂爱情和勇敢。不,我们之间甚至没有柔情。有的时候我竟然完全忘记了她的存在,忘了她的名字,甚至她的声音。我往往只有完全漠视她的存在,才能容忍其他的一切。其他的一切是指她的眼泪——你必须注意到,她知道害臊,总是饮泣吞声;至少我必须承认这是她的一种美德;泪水顺着面颊流淌,而脸上却没有任何表情——所以,她总是无声地流泪,其他的一切还包括她脸部那总是木然、呆滞的表情,头上那条总裹着的头巾,以及走路吃饭总慢慢悠悠的神态;她从来不笑,连微笑都没有。你的姐姐们个个都像她。我的脾气上来了,怒火在胸中燃烧,我得停止谈论这个家庭。而对你,我越是恨别人,也就越爱你。但这种爱是沉重的,荒诞的。我在光华中、在内心的喜悦中孕育了你。只有那天夜里,你母亲的身体才不再是坟墓,或者寒气逼人的深渊。在我炽热的双手的抚爱下,它复生了,变成一座芳香的花园;她第一次由于惬意或者快感而呻吟。那时我就意识到那一夜的欢娱将孕育一个非凡的小生命。当我们进行一项重要活动的时候,我们的精神状态以及它所产生的影响是很重要的,我确信这一点。从那一夜起,我决定关心照顾你的母亲。妊娠很正常。有一天回家,我发现她正在抬一只沉重的箱子。我急忙上前拦住她;她正怀着我那光明之子,这对孩子有危险。你知道,她一生完孩子,我就不再特别关照她了。我们又回复到以往那种只有沉默、叹息和眼泪的关系。往日的仇恨、那不露声色的内心的宿怨又横在了我们中间。我整天和你在一起。而她，她拖着笨重肥胖的身子躲进了自己房里，再也不吭一声。我相信，你那几个没人关心的姐姐很是不安。而我却等着看好戏。我装作漠不关心。其实我没有装。我的确是漠不关心，我在这个家里就像一个外人。只有你，你是我的快乐，我的光明。我学着照料孩子。这在我们这里没有先例。不过，我是把你看作没有娘的孩子。待到割礼以及走形式的庆贺仪式完毕之后，我感到有点手足无措。我的狂热蒙上了一层疑云。这回轮到我闭门不出，我陷入了沉思。而你这天真活泼、无忧无虑的孩子，你整天在家里跑来跑去。你想出各种游戏；不过总是孤单单一个人；你有时甚至还玩布娃娃。你扮作女孩子，还扮作护士或者妈妈。你喜欢这么扮着玩。我不得不多次提醒你，对你说你是男子汉，是男孩子。而你却当面笑我，还嘲弄我。你在我脑海中的形象时而消失，时而重现，被你那些游戏搞得模糊不清。一阵风把它吹起，如同吹起蒙在一件宝物上的盖布。狂风把它吹走。你茫然不知所措，慌了手脚，而后重又镇定自若……在你那避过一切抚爱的小小的身躯里，蕴藏着何等的智慧啊。你还记得你故意躲藏起来的时候，我有多么着急吗？你藏在油漆木柜里以躲避真主的慧眼。自从我们告诉你真主无处不在、无所不晓、无所不见，你便使尽招数企图摆脱真主的控制。你是害怕了，还是装作害怕，我不清楚……"

他带着这个疑问闭上了眼睛。他的头歪着，挨着我的脸。他睡着了。我观察他的呼吸。他呼吸微弱，厚厚的白毛毯只是在轻微地起伏。我密切注视着，等他咽最后一口气，那最后一声叹息将使灵魂脱离躯体。我想应该打开窗户让灵魂出去。我正待起身，他一把拽住了我的胳膊。他在沉睡中将我攫住。我又一次地被他的计划所束缚。我感到不安和恐惧。我落入了一个垂死老者的手掌中。烛光渐渐昏暗。

晨光徐徐接近天空。星星正慢慢黯淡下去。我想起了他刚才对我讲的事情。我该如何宽恕他？是出自内心的、理性的、还是漠然的？我的心早已变得冷酷无情；仅有的一点人味，我得将它保留起来，留作备用；理性阻止我离开这正和死神谈判的老人的床头；冷漠使人吝惜一切，又随意施舍一切，何况我并非置身事外。我被迫倾听这老人临终的诉说，观察他的睡眠。我担心我会打盹，害怕醒来时手被握在一个死人手里。屋外人们已停止了诵经。孩子们都回去了。祷告已经结束。命运之夜即将逝去，黎明就要来到这座城市。淡淡的晨光柔媚而又轻盈，徐徐地飘落在山丘、平台和墓地上。一声炮响标志着红日东升，斋戒开始。父亲猛地惊醒了，脸上的表情已不再是害怕，而是惊恐。正如人们所说，他的时辰已到。我平生第一次目睹死神履行它的职责。它毫不懈怠地在平躺着的躯体上来来回回。任何生物都要作一番垂死的挣扎。父亲的眼中露出哀求的神情；他乞求再恩赐他一小时，哪怕几分钟；他还有话要对我说：

"我刚才睡了一会儿，梦见了我兄弟；他的脸一半黄，一半青；他在笑，我想他是在嘲弄我；他的老婆躲在他背后，用手推他；他在威胁我。我本不愿意在今天夜里对你谈起这两个恶魔，不过我必须提醒你提防这两个贪得无厌、凶狠残忍的家伙。他们的血液里流动的是仇恨和邪恶。他们是可怕的一对。他们吝啬成性，没有心肝，虚伪奸诈，寡廉鲜耻。他们活着就知道攒钱和藏钱。为此他们不择手段，唯利是图。我父亲为有这样一个儿子感到羞愧；他曾经对我说：'他哪来的这种恶习？'他是我们家的耻辱。他老是哭穷，专等快收摊的时候去市场，好买最便宜的菜。他对什么都讨价还价，总是怨天尤人，需要的时候还会痛哭流涕。他对谁都说是我使他遭受不幸，是我剥夺了他的财产。有一次我听见他对一位邻居说：'我哥哥把我应得的那份遗产夺走了；他贪得无厌，铁石心肠；即便他死了，我也无权继承。他刚生了个儿子。我让真主去裁决，只有他能为我主持公道，不管今生或者来世！'你知道吗，他们偶尔也请我们吃饭。那女人在肉里放了好多菜，肉就煮那么一会儿，硬得没法咬，只好原封不动地留在盘子里。第二天她再好好煮一煮，他们就自己吃了。他们能骗谁呀！无论她还是他，两人都一样厚颜无耻。你要当心，离他们远一点，他们可没安好心……"

他停了一会儿，又很快地往下说。我没能全听懂。他想抓住要点，可是他的目光迷离恍惚，望了望旁边，重又落到我身上，一只手始终攥住我的手：

"我请求得到你的宽恕……这以后，任凭负责我灵魂的人把它带到哪里都行，可以带到鲜花盛开的花园里，那静静流淌的小河里，或者将它扔进火山口里。不过我首先恳求你忘掉一切。这就是对我的宽恕。现在你自由了。你走吧，离开这座受诅咒的房子远走高飞，你要活下去！……一定要活下去……不要回头看我留下的灾难。忘掉一切，及早开始新生活……忘掉这座城市……今夜，我预感到你的命运将胜过这里所有的女人。我很清醒，并没有胡编。我看到你的脸庞周围有一轮奇异的光圈。今天夜里你刚刚降生，这斋月的第 27 个夜……你是一个女人……让美貌指引你吧。不用再害怕什么。命运之夜把你命名为扎哈拉，你是花之魁首，美惠神的化身，永生之女，你就是那盘桓在寂静山坡上的时光……它伫立在光辉之巅……徜徉在树间……在上天的脸庞上，它正下落到人世间……它向我俯下身来，抱起了我……而我看见的是你，你向我伸出手来，啊！我的女儿，你带着我一起升起……你要把我带到哪里去？我太疲惫了，不能随你……你的手伸向我的眼睛，我喜欢你的手……天暗下来了，冷得很……你在哪里？你的脸……我看不清了……你拽着我……这一片白茫茫的大地，是雪吗？又不白了……我什么也看不见了……你的脸绷得紧紧的，你发怒了……你急躁了……这就是你的宽恕吗？……扎哈……拉……"

一线阳光射进了房间。一切都结束了。我艰难地将手从他手中抽出。我将毯子往上拉起盖住他的脸，并吹灭了蜡烛。

三 一个美妙的日子

朋友，自从那奇异的夜晚之后，日月焕然一新，新生之曲在四壁回荡，久锢石间的心声冲破了樊篱，平台上洋溢着耀眼的光芒，墓地也沉寂无声了。坟墓和死者都已缄口不语。还有那些《古兰经》的诵经人，他们记不熟，背不准，或者虽饥肠辘辘却还大摇大摆，企图使人相信传经正进展顺利。

一切都已沉默，或者说，一切都已改变。我无法不认为在那老人的溘逝与这照耀生命及万物的几乎超越自然的光芒之间存在着某种巧合。

我又怎能不相信，这命运之夜对于某些人是可怕的，而对另一些人则是一种解脱呢？生者和死者相遇在此刻，一些人的声音盖过了另一些人的祈祷。朋友！在这样的夜晚，谁能分辨幽灵与天使、来者和去者？何人能辨清循规蹈矩的正经人和道德的暴发户呢？

你不妨设想这样的一幕：几匹骏马拉着堆满死尸的一辆辆大车驶向陌生的地方，其中有的人一息尚存，但由于各式各样的原因自愿踏上旅程；大车所经之处，墙壁为之震颤。相传凡在这天夜间加入这个行列的人，他们的灵魂可以获准进天堂，总之，凡愿将其家产及生命中最后几日或几周奉献给那夜晚的都有权享受。据说那一夜星星躲进了云层，天门开启了，地球的运行也稍快于往常。所有躺在大车上的旅客，他们的生命行将结束，介于一天至七天之间，这是他们全部的家当。其余的芸芸众生则仍为金钱和虚幻奔忙。

我从窄小的窗口注视这一行人马。他们必须在日出以前离开城市。这斋月第二十七天的清晨同普通的早晨一样。任何夜间洗涤的痕迹都不应残留。我望着父亲,他躺在那里,精力已经耗尽,只剩一具空壳;他仿佛在对我说,假如还有那么一点运气,也许能在最后那几辆车里觅个空位。我很疲倦,但却如释重负,我坐在床沿上哭起来,不是出于悲伤,而是因为精疲力竭。我已获得解放,但往后的事情未必会像我所预料的那样。

我虽已恢复女身,至少生身父亲已经认可,但还必须继续演戏,尚有承继和遗产事项需要料理。房屋已破败不堪。这一夜墙上似乎又新添了几道裂缝。猝然间——啊!仅仅几个小时——一切都改变了模样。姐姐们充当了哭丧妇,母亲浑身缟素,正扮演寡妇的角色。几个叔叔忙前忙后,张罗后事。我却独自躲进房里等待着。

那是一个融融春日。我们这里的春天是无忧无虑的。它招惹得叶子花脸热心跳,它为大地染上新绿,给天空添上一抹蓝色,使树木绽出嫩芽,但却掉头不理忧伤的女人。而我算是个忧伤的女人。不过那一年,我决定摒弃一切折磨我、使我忧心忡忡的东西。我一向很少笑,也不爱打闹。可是如今,我渴望融进这春天里去。

朋友们,今天我可以向你们承认:这谈何容易!要想快活起来,这意味着必须改变面孔,变换身体,学会新姿态,还要步履轻盈。那一天出奇地闷热,我更加确信;春天尚未降临我家,它在屋外踯躅徘徊。从邻家的住房和庭院里飘来阵阵好闻的气味和缕缕芳香。而在我们家,忧虑却散发出一种辛辣刺鼻、令人窒息的气味。叔叔们点的是一种劣质的薰香。天国香木原来只是用任意一段木头掺上些不祥的香料而已。清洗死尸的人照例匆匆忙忙,他们马马虎虎地为尸体梳理一番之后,便同叔父为一点可怜的酬金讨价还价,争论不休。在一片诵经声中听叔父和这三个洗尸人谈价论钱,我感到受了侮辱,但又觉得可乐。我不禁笑了起来，因为事情越来越滑稽：

"你们是来洗死人的，倒把我们的口袋洗劫一空了！"

"我可以告诉你：你死的那天，我们谁也不会来为你梳洗，你将带着污垢上西天，即使有资格进天堂，你也会被拒之门外，因为你浑身臭气熏天！这就是对吝啬鬼的惩罚……他们而且还得不到真主的宽恕。"

叔父的脸顿时煞白，喃喃地祷告了一阵之后，便把钱如数付给了那三个人。我从窗口望着他，欣喜若狂。只见有一只手将叔父拉到一边：这是他妻子那只干枯的手，她是一个爱财如命、好记恨、爱耍阴谋的女人。一个可怕的女人。我改天再谈她，因为也应该对这个女人的命运作出裁决。她在威胁她丈夫，因为他对洗尸人让了步。

在一两天之内，我仍须扮演那名不副实的儿子。我穿着白色孝服走下楼来主持葬礼。我戴着黑眼镜，头裹在长袍的风帽里。我默默地站着。人们向我俯身致意，并表示慰问。他们轻吻我的肩膀。我使他们慑服，这对我是有利的。在大清真寺，我自然被指定主持超度亡灵的诵经仪式。我欣然接受，几乎喜形于色。一个女人正一步步向一群其实并无多大主见的男人施行报复。至少我们家的男人是如此。当我匍匐在地时，心里不禁在想，倘若他们知道是在一个女人身后祷告，我的身体——我此刻的姿势尤能突出女人的生理优势——将会怎样地激起他们的兽欲。这里尚且不谈那些一见这种姿势的臀部——不管是男人的还是女人的——就会勃起的男人。原谅我的这番议论，很遗憾，事实确实如此……

追悼亡灵的仪式进展顺利。没有发生任何意外。抵达墓地的情景是这一天给我留下的最美好的印象。明媚的阳光使春色永驻这片坟头长满鲜绿荒草的墓地，丽春花在日光中争奇斗妍，天竺葵遍地丛生，仿佛有一只看不见的手在暗中播撒。这里如同一座花园，几株古老的橄榄树像是在永恒地、谦卑地维护着灵魂的安宁。一个《古兰经》诵经人倚在坟上打盹。孩子们在树上嬉戏。一对情侣躲在一座坟墓的高高的石板后面悄悄亲吻。一个青年大学生在读《哈姆雷特》，一边走一边还指手画脚。一位身穿新娘礼服的女子从一匹白马的背上下来。一名骑士穿着南方的无袖长衣骑马穿过墓地。他似乎在寻找什么人。

　　送葬的行列来到这里便解散了。有人受不住耀眼的日光，用胳膊护住眼睛。人们忘记了死者。掘墓人开始寻找他们挖好的墓穴。跟来看热闹的孩子跳起舞来，而后犹如演芭蕾舞剧一般，走近尸体，将它抬起，一边原地转圈，一边哼着一支非洲歌曲，接着便慢慢地、轻手轻脚地将它停放在早上挖好的一个墓穴里。掘墓人慌忙赶来，挥动着铁铲和镐头威吓他们，将他们驱散。那位新娘走近我，将她那件华丽的缀有金线的斗篷披到了我肩上。她在我耳边低声说道："他骑着一匹带灰色斑点的白马在等着你……去吧，到他身边去吧，不要问我为什么，去吧，祝你幸福……"她说完就消失了。这是幽灵显现，还是我的幻觉？是梦境，还是那斋月第二十七夜的一个片断，抑或一声召唤？我尚在飘飘然，忽觉一条有力的臂膀将我拦腰抱起：那位英俊的骑士将我抱上他的骏马，而周围却无一人吭声。我犹如在古代神话里一般被掳走了。他策马驰过墓地。我匆匆看了父亲遗体一眼，只见掘墓人正将他从墓穴里挖起，准备按照伊斯兰教的传统再行安葬。我还看见我那几位叔父正惊恐万状地倒退着离开墓地。

　　那是一个美好的、十分美好的日子。

四 芬芳的花园

"哦,照耀月球的太阳,众星拥戴的月亮,夜空中闪光的明星,这金线镶嵌的斗篷是你的家园,它好比你居所的屋顶;它如柔绒,为你编织梦幻,它是厚实的毛毯,在漫长的冬夜当我不在你身边的时候,为你遮蔽风寒……但我绝不再离开你,我已等得太久,我绝不再和你分离,哪怕只是一个夜晚……"

我们跑了整整一天。他不时同我说话,对我重复同样的话语,他时而叫我"南国公主",时而叫我"众星拥戴的月亮",时而又叫我"黎明的曙光"。我裹着斗篷坐在他身后,双手紧紧抱住他的腰。我交叉的双臂随着奔马的颠簸在他坚实的腹部上下抚动。我任凭自己陶醉在一种奇妙的感觉中,不想去弄明究竟,如同人们在小睡时所感受的那样。我平生第一次骑马。我就这样任凭激情纵横驰骋,内心的畅快使我周身热血沸腾。不平凡的经历意味着首先必须领略这种奇异的感受,它使你心旷神怡。我把头靠在他背上,闭上眼睛哼着一支儿时的歌。昨日我还在帮助垂死者的灵魂升天,今日我却搂着一个陌生人,也许是一位受圣临之夜的天神派遣的王子。无论他是王子还是暴君,冒险家或是拦路抢劫的强盗,他总是一个男人,我抱住的是一个男人的身体,我甚至连他的眼睛都未曾看清,因为他蒙着面……很可能是个人称蓝衣者的沙漠男子!

才获解放又遭掳劫的奴隶可能重新被囚禁。那也许是一座城堡,四面的围墙又高又厚,由荷枪实弹的男人看守着,既没有门,也没有窗,只是一个进口,其实只有一两块活动石板,挪开它们,骑士和他的猎获物便可入内……

我迷迷糊糊，蒙蒙眬眬，我忘记了过去。凉风轻抚我的面庞。清爽的空气令我欢畅，喜悦的泪水顺着脸颊流淌。天空呈蓝色、红色和淡紫色。斜阳即将西沉。虽然是个斋日，可我丝毫不感到饥渴。我那位骑士停了一会儿，然后对我说（就好像我了解他的习性似的）：

"我们去孩子们那里歇歇脚。假如运气好，还可以在他们那里破破戒。"

"什么孩子？"

他没有回答。村庄在一个小山谷里，进去必须通过一条几乎是暗道的小路。沿路设有障碍，由一些小孩把守。每过一道卡子都得说出口令，那是四句诗，我那位骑士记得滚瓜烂熟。

> 我们都是孩童，大地的客人。
> 我们是大地之子，将重返大地。
> 对于我们凡夫俗子，幸福过眼即逝，
> 然而幸福之夜却能驱散愁云。

我一时竟未听出那原是阿尔-马里[1]的诗作。我少年时期曾读过《赎罪书简》，但已经记不起这些诗句。晚上，一个孩子走来对骑士说：

"酋长，你是怎么找到地狱的？死人跟你说了些什么？那些下地狱的人是怎么对待你的？"

"等吃完饭，我再告诉你们此行的见闻。"

---

[1] 阿尔-马里（abu-al-Ahmad al-Ma'arri, 973—1057），阿拉伯诗人，生于叙利亚。

这个村庄的居民都是孩子，唯独我们两个是成人。红土垒成的房子十分简朴。共计一百来个小孩，有男有女。梯形花园构思巧妙，保养得当。他们远离城市，远离大道，甚至躲避人世，过着自给自足的日子。这是一个不分等级、既无警察、也无军队的完美的组织。连成文的法律也不存在。这是为孩子们所向往和体验的真正的小型共和国。我惊讶不已。骑士发觉我迫切希望了解事情的原委。我俩单独呆在一起了；他揭去面巾，于是我第一次看见了他的脸。在他同我说话时，我仔细打量他的面庞：栗色的大眼睛，整齐的浓浓的眉毛，纤细的嘴巴，密密的小胡子，暗褐色的皮肤。他柔声同我说话，却不正眼看我：

"我心里藏着七个秘密。为了不辜负你的友谊，也为了求你原谅我如此鲁莽地把你掳来，我将一一向你揭示这些秘密。这需要时间，以便我们彼此了解，好让友爱滋润我们的心田。我的第一个秘密就是这座村庄。没有人知道它的存在。生活在这里的都是些心灵受过创伤、已经看破红尘的人。我们一般不向人交底，不过我多多少少得向你透露一点，免得你焦急不安。"

"可是我并没有不安呀。"

这是真话。我非但毫无恐惧之感，反而深深地觉得，在幻影及其映象间，在身体及其影子间，在我于孤寂长夜中的梦幻与眼前我好奇而兴奋地经历着的这一场景间，存在着一种和谐。我如一个孩童初次外出旅行。总之，这第一夜对我意味着一次奇遇的开始。被称作酋长的骑士有义务汇报他此番的经历。他离家已有很长时间。

一个头发呈红棕色、眼睛圆圆的、大约刚满十岁的男孩走到我跟前对我说：

"欢迎你，我是友谊的代表，有时也兼管爱情。"

"你的职务包括些什么?"我问他。

"要想了解这村子里所发生的事情,首先必须忘掉你从哪里来,以及你在山谷另一边的生活。我们这里遵循原则和情感。首要的原则就是忘掉一切。无论你曾经活过一百年或者一百天,一进入此地就必须已把它们统统忘掉。要是做不到,我们这里有药草,它们可以帮助你。"

"你在这里是干什么的?"

"我负责种植那些有利于产生充实感和和谐感的植物。这里的人都有一个相同之处,那就是我们都曾遭受苦难,都曾受到不公正的待遇;但是我们有幸能使时光停住,并且设法弥补损失。实际上,这座村庄如同一条航船。它在波涛汹涌的海上航行。它已同往昔并陆地切断了一切联系。它好比一座孤岛。我们时常派酋长外出探听消息。通常他都带回几个弃儿或者离家出走的孩子。可是和一位公主同归,这还是第一次。欢迎你!"

那棕红头发的男孩吻了我的手后便消失了。一个长着棕色鬈发的同样年龄的女孩向我走来。看来我大概很稀奇。她默默地望了我一会儿;又围着我上下打量了一番,并且还伸手摸了摸我的斗篷。然后她像老朋友那样走到我身边,在我耳边轻声说道:

"你不要听凭酋长摆布,他确实相貌堂堂,富有魅力。你看着吧,时间和经验会教会你如何对付男人。我们这里不存在这个问题。我们都是孩子,而且永远是。这很简单,很方便……"

她看见酋长便溜走了,临走还对我说:

"希望你能和我们在一起……"

我也开始称骑士为"酋长"了。其实他并不老,也没有白胡子,他的气度倒像个英姿勃勃的运动员。

他端来了晚餐：稠汤、椰枣和无花果。沉默片刻以后，他问我红发男孩和那女孩对我说了些什么。

"没说什么，尽是些稀奇古怪、东拉西扯的话。"

我异常困倦，竟然坐在那里睡着了，身上还披着那件斗篷。我整夜都在做梦，一个接一个，一个套一个。脑子里一片混乱。待到早上醒来，我简直无法分清是梦境还是幻影。绿茵、鲜花、树木、鸟儿、溪流，周围的一切都激起我的想象，扰乱我的感官及感觉。好在我已决定不去弄清是虚还是实，尤其不想知道我究竟身在何处，在干什么，此刻正和谁在一起。从窗口望去，我看见酋长正在运木头，孩子们有的在锄地，有的打扫村子或准备饭菜。人人都有事做。我走到外面想看看村里白天是什么样子。有人朝我微笑，有人停下手中的活向我合掌致意。我学着自然地、轻轻地走路，不去理会别人的目光。我大吃一惊：我竟然生来就仪态万方！我的身体正在摆脱束缚。粗粗细细的绳索正渐渐松开。我感到浑身的肌肉不再绷得紧紧的了。我一边走着，一边在变。我的呼吸畅快了许多。我用手触摸那小小的乳房。心头感到一阵惬意。我轻轻地按摩着，希望它们快快变大，从它们的洞穴里突出来，自豪地高高耸起，吸引过往的行人。我回想起在那遥远的过去有个人称齐耐布太太的胖女人，她住在邻居家中，经常上我家帮助母亲做点事。她常常搂住我，让我的小脑袋靠在她两个硕大的乳房间，将我的身子紧紧贴着她的胸脯，也许她这样感到快活，或者是出于某种欲望。她没有生育，丈夫抛弃了她，去和另外两个老婆住在一起，她们为他生了一大群孩子。于是她就来搂着我，有时将我背在背上，有时她双腿叉开，将我夹在中间，用手轻轻拍打我的脸颊。我好比一个玩偶，成了她手中的玩物。她身上时常汗津津的，自己却没有发觉，我很讨厌她，但我什么也没有说。我在家中一向养尊处优,过惯了极其舒适的生活,所以这种游戏倒能使我换换口味。有一天,父亲突然闯进来,正好撞见我夹在齐耐布太太肥肥的大腿中间,手脚在不停地乱舞。他抢步上前将我拽出,并且打了那可怜的女人一耳光。是的,她的乳房大得出奇,像是要漫溢出来。我开始向往这样丰满的乳房,这是真主的恩赐,我也希望拥有如此大量的肌肉和这般丰富的乳腺。

我摸摸乳房。它们正慢慢鼓起来。我解开衣衫让晨风吹拂它们,让缕缕吉祥的清风抚摸它们。我起了一身鸡皮疙瘩。乳头渐渐变硬了。和风吹遍我的周身。衬衫被吹得鼓了起来。我散开头发。我的头发并不很长,不过吹吹有益处。我漫无目地走着。一阵强烈的欲念涌上心头:我脱下长裤,又脱去内裤,好让风儿尽情吹拂,也让自己纵情欢乐,并且领略和煦的晨风用她那轻柔凉爽的手抚摸我的腹部、唤醒我的肉欲所产生的快感。我来到一座林子。四野一片阒寂。我正迈开自由女性的头几步。自由原来如此简单,简单得如同清晨漫步。犹如不提任何疑问就解开束带一般。我独自一人幸福地沐浴在阳光、熏风和光明中,这就是自由。我脱下拖鞋,细嫩的脚丫踩在了尖利的碎石上。我并不感到疼痛。我来到一片林中空地,坐在潮湿的土块上。一阵凉气升上来,顿觉浑身舒畅。我在叶丛间打滚。突然,我感到一阵眩晕。我站起身径直向湖边跑去。我原先并不知道林子后面有一泓湖水和一股清泉。然而,我体内产生了新的本能,大自然赋予了它生理反射的功能。我的肌体需要水分。我急步奔到湖边,脱去无袖长衣,跃入水中。我从未学过游泳。我差点淹死。我抓住一根树枝,飘到了泉眼前。我背对泉眼坐下,一任那股沁人心脾的纯净的泉水有力地喷射到我的背上。我在遐想,我幸福得要发狂。我是全新的,自由自在的,我就是生命、欢娱和欲念,我好比水中的风、大地的水,那水是何等纯净，它又使大地变得多么崇高庄严。我因狂喜而浑身颤抖。心头如有小鹿在乱撞。我的呼吸很不均匀。我从未有过如此多的感受。我以往那平淡、孤独、横遭摧残、为假象和谎言所束缚的躯体，而今注入了新的生命。我获得了新生。我拼命呼喊，不知不觉喊出了："我获得了新生……新生！……我的灵魂又回来了。它在我体内呐喊。我获得了新生……新生！……"

一些孩子一丝不挂地笑着跳进湖中。他们向我围拢来，随着我喊："她获得了新生……新生……"另一些孩子在岸上等着我，递过一条白色的浴巾。他们将我裹住，置于一张柳条椅上，然后便连同椅子一起将我抬往我的房间，白衣白裤的酋长在里面等候我。因为寒冷和兴奋，我浑身还在哆嗦，身子不时在颤抖。我感到疲乏，但很快活，同时也感到意外和吃惊。事情来得很突然。时间仿佛已急不可耐。而我，我大步跨越时间以外的时间，犹如置身于梦境的边缘。酋长拉起我的手吻了一下。我把头倚在他的膝上。他轻轻抚弄着我还很潮湿的头发，对我说：

"我很高兴你找到了泉源。这原是我的第二个秘密。如今你已无法后退了。这眼泉水是吉祥之水，它能创造奇迹。你独自找到了它，你已开始了新的历程。千万不要回头，回头会有危险。当然，你不会像在神话里那样受到诅咒，也不会变成盐或沙的雕像。然而你可能招致不幸。这不幸意味着存在一种谬误，意味着被迫承受没有欢乐、没有真理、也没有欲念的命运。我很清楚我在说些什么，公主！"

酋长蓦地顿住了。我仰起头，见他正泪流满面。他紧闭双眼在无声地哭泣。我不由一阵战栗。我站起身将缀金斗篷披在他的肩头。他昏昏欲睡，泪水仍顺着脸颊流淌。这是柔情的泪水，它们想必来自远方。他的安详和沉着使我困惑，而他一任那拦不住、难驾驭的感情的波涛汹涌奔腾,又令我愕然。我不想用发问来打搅他。在架子上有个打开的大本子。上面的字体娟秀工整,还有图画、符号和问题。我想看,但又不敢。这会比偷窃更卑劣。况且我强烈地预感到:厄运正在我们周围徘徊;幻景过于美妙,噩梦也就不远了。四五个孩子涌进了屋子,命令我立刻离开山谷:

"你让酋长流泪了。也许你同曾经掠取他的灵魂、他的呼吸以及他的生命的那帮家伙是一丘之貉。你必须在他醒来之前,趁他还未暴怒赶紧离开……"

我试图辩解,我告诉他们我什么也没有夺取,事情是自然而然发生的,我也不明白是怎么回事。可是我白费口舌。孩子们的眼睛里射出骇人的复仇的光芒,燃烧着仇恨的烈火,令我心惊胆战。我走近酋长想把他叫醒。一个孩子抢步上前,将我一把推倒在地:

"不要打扰他……他也许正在死去!他再不会离开我们,多年不照面了!"

我就这样从这座所谓的芬芳的花园里被撵了出来。朋友们,请你们相信我,这都是我亲身所经历的,不是梦幻。那天夜里,我在村口一个畜栏里同牲口一起过夜。我心烦意乱,迷惑不解,整夜都在琢磨这究竟因为什么。可是我越想搞清楚,弄明白,脑子里便越是一团漆黑。半夜里,那个当初曾如此友好地接待我的红棕头发的男孩走进了畜栏。我并不感到意外。我在盼望他。

"你不用费劲去弄明白。我来帮你解开疑团。酋长是我们的象征,他的命运和我们息息相关。假如他禁不住诱惑,这就意味着我们失败了。他和我们之间达成一种协议,有一个誓言:永不向外人泄露那7个秘密。他每向你吐露一个秘密,我们就会失去一点生命。我们将首先失去脸上的血色,然后是牙齿、头发、血液、理智及灵魂,最后生命便结束了。听我说，你是无辜的，甚至还是个好人。但是你身体里有某些东西能引起毁灭。我说不清是什么，但我能感觉到。灾难依附在你的身上。你并不知道。它逐渐蔓延，以他人的苦难来滋养自己。想必你已经注意到，我们是一个游离于时间之外的部落。这既是我们的威力，也是我们的弱点。唯独酋长受时间的制约。他成长起来，经历生活，然后衰老。所以他有时离开我们。通常他都带回一些谷种。可是这次却把你带了回来。我们这里远离人世。这就是我所能告诉你的。秘密之所以成为秘密，是因为它被隐埋起来。我们就是秘密，所以我们生活在地下。这个村子没有名字。它并不存在。它在我们每人的心中。在走出村子的时候，你应该明白你是死里逃生。"

五 时间的镜子

  幸存者应该怎样行走？难道要低垂着头，两眼死盯着地，倒背着双手漫无目的地前行，直至远处出现一座灯光微弱的院落吗？我头也不回地朝前走。我力图忘却刚才发生的一切，权当它又是一幕幻影、一场头绪纷繁的被打断了的梦境，父亲的葬礼、解放了的奴隶以及她的出逃都搅和到了一起。我顺着大道往前走，谁也不理睬。再说，沿途遇到的大人孩子也都没有打扰我。然而我的神情想必很奇特，衣衫不整，脸绷得紧紧的，泪眼模糊。暮色苍茫的时候，我在一棵树前蹲下来无声地啜泣着，既不遗憾，也不悲伤。父亲安葬的那天，我大概也不曾掉过眼泪。

  有一句话，我那沉默寡言的母亲说过的唯一的一句话，重又在我耳边响起。记得当时我一听，便顿时浑身起了鸡皮疙瘩。刹那间，一阵短促的战栗传遍全身，我怅然若失。

  那时候，一切都不尽如人意，父亲预感到死亡正在临近，也许是那日夜折磨他的负疚感和犯罪感加速它的来临。他变得乖戾易怒，烦躁愁闷。他心里憋着一股怨恨，一股强烈的、无名的怒气。他大概恨所有的人；首先恨他自己。说也奇怪，他倒不恨我。我甚至认为他爱我。他没有用习以为常的粗暴方式对待我。从我房间的窗口，我经常能看到他和家里的娘子军们在争吵。只有他一个人在大吼大叫，威逼恐吓，并为他的这种优势洋洋自得。他越来越古怪，不允许对他所立下的规矩有任何冒犯。每个女儿都有任务：一个替他脱长袍，一个给他洗脚，另一个擦脚，还有两个准备茶水。我母亲在厨下忙碌。谁要是出一点差错，就该她倒霉。他使家里人个个心惊胆战，而他却从不满意。

他得了哮喘性支气管炎，却又不肯服药。有时候他喘不过气来，或者因为胸部疼痛而手足乱动的时候，他就责骂全家人，怪他们偷走了他的氧气。他的支气管也许并没有什么毛病，而是这群白吃饭的女人让他上火，使他憋气。

他拒绝病魔和死神，以罕见的力量挣扎抵抗。他需要对家里人滥施暴力。他本能地发觉仇恨是一种抗衰老的解毒剂。仇恨能维护他在家里的绝对统治地位，并能击败病魔的进攻。他有时一人自言自语，认为家里人都不配和他对话。只有我例外。他很想同我推心置腹地谈谈他的苦衷，可是我从来不给他这种机会。他的行为让我难受。我理解他，但却无法苟同，也不愿同他争论。在他生命的最后几个月里，我已完全处于生理突变期。我也在拼命挣扎着，决心摆脱尴尬的处境。无论采取什么方法必须摆脱。但是，正如俗话所说："好进不好出"，原则上，在结束这种局面的同时，我必须消除我清晰地感受到的自我猜疑。面具必须摘去，必须显露我贞洁的女儿身，清清白白，毫不遮掩，毫不含糊。

我的母亲之所以选择沉默和忍让并非出于认命，主要是另有考虑。有一天父亲的恶语深深地刺伤了她，于是她便对我说："我的女儿，和我一起祈求真主或者命运之神允许我在你活着的时候死去，让我比你父亲再多活一两个月吧！我但求能在他不复存在、绝对不复存在的情况下畅快地呼吸几天或者几个月。这是我唯一的渴求，唯一的愿望。我不愿意在他活着的时候死去，那样我会感到倍受伤害，残酷地被践踏和被侮辱。我曾经决定默默地过一辈子，并且亲手扼杀了我心中的呼声。但是至少得让我呐喊一次，哪怕就一会儿，喊一声，就一声,一声发自内心深处的、憋了很久的、比你出生的年月还要久远的呐喊,它就在这儿,在我的胸腔里。它在等待着,它在折磨我,摧残我,我要活下去,我不能不喊出来就死去。为我祈祷吧,女儿,你认识生活的正面和反面,你能看书识字,还能理解圣人的心事……"

我早已连母亲的声音也记不清了。她因为我的缘故被父亲完全撇在了一边。她叫我"女儿",仿佛二十年来什么事情也没有发生。我不能说我爱她。当她不能引动我的恻隐之心——这是一种苦涩的羞愧和无声的愤怒——的时候,她对我来说是无足轻重的,换句话说,等于不存在。我很少见到她,因此也就忘记了她是我的母亲。有时我竟然把她当成老女仆玛莉卡,或者那个疯疯癫癫的老乞婆,当孩子们向她扔石块、追着骂她的时候,她有时就躲到我家的前厅来。有时我晚上回来得从一个裹在军毯里的身体上跨过去。我不想弄明白这究竟是那个疯老婆子,还是我那被从家里赶出来的母亲。即便动了感情,我也不露声色。两眼一闭,就什么也看不见、听不见了。我尤其不想开口。我的心事只能埋在我的心里,不能有所流露。因为没有什么可说的,或者说要说的、要透露的和要揭示的事情太多。我既无此种愿望,也缺乏勇气。自从我的内心失去平衡以来,我觉得要想揭去二十年的伪装需要时间。我必须等到父母去世之后才能获得新生。我想加速事情的进程,设法让他们早早归天。这个罪孽应由潜藏在我体内的恶魔来承当。

我的母亲疯了。她的婶娘将她带到了往南方去的路上的一座隐修院里,她将在那里了却残生。我想那是因为她经常装疯的缘故。每次装疯,她都要撕毁丈夫的衣物,日子久了,成了一种癖好,连她自己也不清楚在干些什么。

我是从窗口看着她被带走的。她披头散发,袍子也撕破了,像孩子般叫喊着在院子里奔跑，亲亲地面，又亲亲墙壁，又哭又笑，像一只被人抛弃的动物朝门口爬去。她的女儿们在一旁哭泣。父亲当时不在场。

晚上，一种缄默和负疚的异常沉闷的气氛笼罩在家中。彼此如同陌路人一般。女儿们都分别上姨妈家躲避一阵。所以当父亲病倒的时候，只有我守在他的身边。

女儿们偶尔回家取些常用的衣物，取完就走，从不看望病中的老父。只有老玛莉卡依然忠于职守。她夜里让疯乞婆或那个烧炭工在家里留宿，他喜欢同她闲聊，他俩是同一个村的。

虽然胸口疼痛，父亲还是坚决要在斋月里守斋。太阳下山以后，他才勉强进食。他拒绝服药，准备在沉沉的缄默中死去。白天我仍去店里照看生意。父亲的兄弟们从不来看他。他们的算计不难猜测：既然有我存在，他们就什么也别想继承。

我记得在那斋月圣临之夜的前夕，一切尚都平安无事。

我心的一切都豁然开朗了。我不敢说已打定了主意，但我明白父亲死后，我必须弃家出走。我把一切留给姐姐们，永远离开这所房子，离开这个家。父亲去世了，有些事情也该了结了。他带着自己塑造的恶魔的形象，永远躺在了坟墓里。

料理完后事，我陷入了迷惘中。有好几天，我都弄不清我在哪里，和谁在一起。我曾对你们叙述过我那次堪称妙趣横生的经历，可最后却只落得惶惶然四处飘流。

你们知道，一天夜里我曾跑回家中。我从邻居家的阳台进了屋。姐姐们已经回来了。她们穿得很讲究，一个个浓妆艳抹，还佩戴着母亲的珠宝。她们在同本地段来家串门的女人嬉笑打闹。父亲的丧葬对她们意味着解放与欢乐。对她们这种反应，我基本能理解。这些被剥夺欢乐、长期被排斥于生活之外的姑娘终于获得了自由，于是便把多年积压在心头的郁闷一下子发泄出来。所有的灯都亮着，一台旧留声机上放着唱片。大家玩得兴高采烈。只缺男人来满足她们的性欲。我微微一笑；反正一切已与我无关，我已是一个陌生人了。我小心翼翼地打开我的房门，取了些物品塞进一个包里，然后便又从隔壁阳台走了。

我身着一件长袍，头上包着头巾——我的头发很长——在这月朗风清的夜晚向墓地走去。我越过一堵矮墙，以免让看守撞见，然后便来到了父亲的坟前。

夜色恬静而美丽。时值开斋节前夜，天空繁星点点。父亲坟头的新土还很松软。我用双手有条不紊地迅速地挖着。不该惊扰死者，不能引起墓地看守或某个盗墓人的注意。当白色的裹尸布显露出来时，我便用手指轻轻拨开上面的浮土。尸身已经冰凉，裹尸布已被泥土的潮气浸湿。我打了一个寒噤。其实天气并不冷，想必是惊恐参半之故吧。我略微停了一会儿，摸到了死者的头。我似乎觉得他鼻孔上方的白布在微微掀动。他还有一口气，还是我的幻觉？我迅速将包里的东西倒了进去，那几乎是我全部的家当：一件男衬衣、一条长裤、一份出生证明、一张行割礼时的照片、我的身份证、我与苦命的法蒂玛的结婚证书、我强迫父亲服用而剩下的药、几双鞋袜、一串钥匙、一条腰带、一个鼻烟盒、一扎书信、一本登记册、一枚戒指、一条手帕、一块坏了的表、一个细颈瓶、半截蜡烛……

该重新盖土了，我蹲下身来把这些物品堆好，这时我胸口感到一阵不适。有什么东西勒住我的肋部和胸部。原来我还紧裹着束缚乳房发育的缠胸带。我愤愤地将这数米长的内部伪装扯去，并将它紧紧缠在死者的脖子上。然后再拉紧，又打了一个结。我浑身是汗。我已摆脱了这整整一段充满欺骗和伪装的生活。我手脚并用地将这些东西堆放在死人身上，有时难免稍稍踩着尸体，然后再在上面盖上泥土。坟头变了样，显得比原先大了。我搬来几块大石头压在四角，然后在坟前静默片刻，不是在祈祷，也不是祈求仁慈的主庇佑父亲的亡灵，而是为了让我此刻呼吸到的新鲜空气渗透全身。我喃喃地说了些什么，大概是："别了！"或者"永别了，虚假的荣光，现在让我单独面对生活，灵魂坦坦荡荡的，洁白无瑕，身体焕然一新，即便声音依旧！"

六 从背后刺来的软刀子

在那个沉郁而炽热的夜晚，我失踪了。茫茫的黑夜中，我不曾留下任何足迹。我绕道离开了这座城市，只匆匆浏览一下沿途的景物，免得惊扰好人们的清梦。我非但不是他们中的一员，而且还是一个桀骜不驯的捣乱分子。

这是9月之夜，花园里飘来阵阵茉莉花和野蔷薇的香味，沁人心脾，令我感到幸福。我深深地呼吸着扑鼻的芳香，漫无目的地信步走着。我既已准备冒险，心里也就坦然了。我并没有回头观望那曾经给我带来灾祸的故乡。一切都已经埋葬：父亲及我用过的衣物被葬在了同一个墓里，母亲留在那通往地狱之门的隐修院内，姐姐们呆在那座即将倾塌的危房里，早晚将被永远埋在里面。至于叔伯和婶娘们，他们对于我来说从来就不存在，而且从这一夜起，我对于他们来说也已不复存在。我失踪了，他们永远休想再找到我。

我尽量避开大路，走累了就睡一会，最好的歇处就是大树底下。我自然睡得很安稳，也很踏实。我蜷腿躺着，渐渐地便觉得身子软绵绵、昏沉沉的。我很少睡得这么沉，这么香。我惊讶自己竟能睡得如此快，如此舒服，浑身懒洋洋的，十分酣畅。我这么说是因为以往我经常不易入睡。有时候，夜已经很深，而我却仍在与黑夜商谈以求得一星半点的安宁，而这安宁，直至破晓方始乞得。我困乏之极，才昏昏睡去。可眼下，我什么都不用惧怕，自由自在，无牵无挂，脑子里不再疑虑重重，也不再有那么多该进行的或该解除的事要考虑。难道我已彻底解脱了吗？不，尚未如此。不过我已放弃了一切，坚定地出走并不再归来。我已和往昔连同它的阴影斩断一切联系，这就足以使我摆脱恐惧。我决意让往事沉沉睡去，将它彻底遗忘。决不追悔，决不负疚。我渴望用清白无瑕的身体迎接新生。

我露宿野外，不再梦见稀奇古怪的事情，也不再噩梦不断。我睡得很安稳，如同平静的海面清澈而宁静，或者犹如一片雪野，平坦而绵延。起初我以为这是身体疲劳的缘故，但后来我明白，这意味着新生活的开始。

有时候，尤其在白天，我会突然感到一阵躁热和焦虑。好在这从不持续很久。嗓子像被什么东西堵着，我只得停住脚步，慢慢地一切便又恢复正常。也许那是因为往事离现在还很近，还看得见，摸得着，还在作最后的挣扎。身体上的这种不适想必是孤独所致。我专挑僻静的路走，胡乱充饥，水却喝得不少。每当走近一座小木屋或一处农庄，我就跑去讨水喝。人们以为我是乞丐，还给我面包和水果。我掏出钱来付账时，他们都不肯收。我从他们眼里看出一种怜悯和不安的神情。我不敢耽搁，不等他们发问便走开了。我倒是愿意说话，只是不知该说什么。反正没人能理解我。光谈天气又有什么意思呢？然而一天下午，当我离开一座小村庄的时候，有个男人跟上了我。他用一种近乎嘲讽的口气对我说：

"妹妹，我说妹妹，你一个人上哪儿去啊？"

我笑了笑，头也不回地继续赶路。

"你知道你这是往哪儿走吗？妹妹？你前面是一座密林，到了夜里，野猪就会出来觅食。青铜一般的利爪……象牙一般的牙齿，鼻孔往外喷火……"

我从头到脚一阵哆嗦。这个嗓音悦耳的男人并不使我害怕。我以前听说过有人在林子里遭到奸污。假如这个男人变成一头野猪，我不打算逃跑,甚至也不想抵抗。我并非无动于衷。我感到新奇。一个连面都未曾见过的男人,仅用言语便唤醒了我的肉欲。

我加快了脚步。我们之间的距离在缩短。我听见他在嘟哝着什么,好像在祈祷。这回说的已不是猛兽撕吃少女的事,而是真主和他的先知穆罕默德。他念道:

"我以大慈大悲的真主的名义,祈求真主赐福赐惠于最后的先知穆罕默德大师及其家族与信徒。以至高无上的真主的名义。我赞美真主,他使男人从女人温暖的肉体获取极大的快乐。我赞美真主,是他安排我与这位成熟的少女相遇,她使我的欲望达到了极点。这是真主恩宠、慈惠的显示。我赞美真主,赞美你,我的妹妹,你在我前面行走,使我嗅到你的芳香,揣测你的腰肢和乳房,想象你的双眸和秀发。哦,妹妹,你朝前走,直到那片小树林,那将是我们饥渴的肉体的归宿。莫要回头,你这位陌生的妹妹,我幸逢与你作爱的机缘,你受命运之神所遣,特来显示真主赐予男人和女人的荣光,他们将在暮霭中结合。我赞美真主。我是他的奴仆。我也是你的奴仆。你莫要停留,夕阳渐渐西沉,我的自尊也随之消失殆尽。以至仁的真主的名义……"

我停住脚步。仿佛为一种无形的力量所制约。我无力再往前走。我环视四周,意识到已经来到了那片小树林。紧随在后的男人此刻停止了祈祷。我能感觉到他的呼吸。谁也没有开口。我浑身是汗,呆呆地伫立于灌木之间。我等待了片刻。那男人也在等待。他一动不动地站着。我抬头仰望天空。天空已染上晚霞的色彩。我突然感到异常闷热。我不知不觉脱去了罩袍。里面只有一条宽松的长裤。我散开头发。它们不很长。我犹如一尊雕像般站立着。夜幕转瞬间便笼罩了大地。我感到那男人在向我靠近。他的身子在颤抖,口中念念有词。他突然抱住了我的腰。他用舌头舔遍我的脖颈和肩膀，然后屈膝跪下。我仍然站立着。他又吻我的腰，两手始终紧搂我的胯部。他用牙齿解开了我的长裤。他那不知是被汗水还是泪水浸湿了的脸紧贴着我的臀部。他开始说谵语。猛然间，他将我一把推倒在地。我短促地喊叫了一声。他用左手掩住我的嘴，右手将我脸贴地按住。我无力抵抗，也不想抵抗。我什么也不想；在这亢奋的身体的压迫下，我却是自由的。和别人的身体缠在一起，这在我还是第一次。我甚至不想回头看看他的面孔。我全身都在颤抖。黑夜沉沉。我觉得有一股热乎乎、黏糊糊的液体顺着大腿流下来。那男人像野兽般喘吁吁地出了一声粗气。我似乎听见他又在祈求真主和先知的庇佑。我脸朝地躺着，他的身子重重地压在我身上。我将右手伸到腹部底下去摸那流出来的东西。那是血。

我并没有试图挣脱那陌生人的重压，而在黑夜中沉沉地睡去了。清凉的晨风将我吹醒。我发现自己一丝不挂。那男人早已无影无踪。我既不反感，也不失望。难道这就是爱？就是黑夜里轻轻掠过你脊背的一把匕首？就是一种强暴的行为？——如被胡乱逮住的猎物一般被念着咒语和祷词的人野蛮地从后面拦腰抱住。

我这样寻思着，其实并不想弄清什么。如今想来，我甚至弄不清这来自背后的欢爱当时究竟使我愉快还是厌恶。我读过一些书，里面只谈性爱，却没有提到性器官。可能是顾及廉耻，或许是因为虚伪吧。两个身体的这种结合在我嘴里留下一股沙子的味道，因为我曾不止一次地用嘴啃沙土。性爱或许就是这样的味道和气味。这倒并不使我反感。

我的手上和大腿间都有血迹，然而我并不觉得肮脏，也不感到受了玷污。在我的想象中，我是献身于树林和大地的。我穿好衣服，重新上路。头脑里像有什么在回响，仿佛铁锤敲击巨石或大理石时发出的声响。原来这是那男人的心跳声。

因此，第一个和我发生肉体关系的是个不露面的男人。当时他若向我发问。我一定无法忍受。他若没和黑夜一起消失，我必定会逃之夭夭。

那一日我沿路未遇到任何人。我仿佛觉得，倘使要遇到什么人，那他们必定是从我身后走来。这个念头一直萦绕在我脑际。傍晚我来到一座城市，等待我的将是一段令人惶惑的经历。这是一座小城。我一进城，就感到心头一阵紧缩。这是不祥之兆。我必须先找个浴池洗洗身子，同时也好睡上一觉。天色已经很晚。女看门人兼出纳狠狠瞪了我一眼，对我说道：

"这时候才来洗男人粘在身上的脏东西？"

我没有答腔。她接着又说：

"我正准备关门，不过里头还有两三个女人。你快点……"

我连忙进去。她一直盯着我看。最里面一间的热水池旁有两个瘦骨嶙峋的女人在洗澡。简直像一对女巫。她们每人各占一角，机械地从池里舀水往头上浇。几只水桶并排放着算是两人的分界线。我明白不能去打扰她们。她们时常站起身，背靠背地站着搓手，然后又各自返回自己的角落。我匆匆洗着。我正低头洗着，其中一个女人突然跑到我跟前，用不容分辩的口气对我说：

"我来给你打肥皂！"

我没有抬头。她瘦削的膝盖正好顶着我的鼻孔。我说：

"不用，谢谢！"

"我告诉你我要给你打肥皂。"

另一个已站到了门口，并用一排水桶堵住出口。提这样建议的人想必心怀鬼胎。在她们的威逼下,我只得同意。我要求提点水。我舀了满满一桶滚烫的水,跳起来泼在那两个女人身上。幸好我没有滑倒,转眼间我便一丝不挂地出现在看门人面前。她大声嚷嚷起来:

"你疯啦,你会着凉的!"

"不!好险哪!她们是两个……"

"你在说些什么?已经没人了……你进去那会儿最后三个人正往外走,你没看见?你在耍我?……"

见我直哆嗦——我给吓得浑身冰凉——她犹豫了一会儿,便问我那里有几个人。

"两个,干瘦干瘦的,两人一模一样,都皮包骨头。她们硬是要给我擦肥皂!"

"那一定是你的幻觉。你一定累坏了,所以才看见了魔鬼和他的妻子!"

她也有些毛骨悚然。这位相貌凶恶的看门人竟然变得和气起来,不过口气仍然专横。

"你有地方睡觉吗?"

"我原想问问你能不能在这儿过夜……"

"这儿可不成。这儿不舒服,再说那两个女妖精夜里也许还会出来要你命的。你细皮嫩肉的,怎能随便哪儿都睡呢。上我家去吧。我家虽不讲究,倒还舒服。我和兄弟住在一起,他比我小。"

七 肉墩子

去女看守家必须穿过几条小巷，绕来绕去，曲里拐弯的。这也许是偶然形成的，但也可能是某个脾气古怪的泥瓦匠的杰作。我们经过一条名叫"单人街"的小巷，这巷子确实很窄，只能容许一个人通过。听说恋人们喜欢在这里幽会。两人相对而行，及至走到小巷中间，互不相让，于是便可借机接触。女的身穿罩袍，脸上蒙着面纱，一只手放在下腹部，另一只手搁在胸前。男人来到女人跟前便站住不动，直至脸上感觉到恋人呼出的气息。于是"单人街"便成了男女偷欢的幽会点，情人们到此身贴着身，陌生人到此眼对着眼，也有人躲在百叶窗后面窥视来往的行人。

遍地都是脏物。家家门前都有一堆垃圾。臭气熏天，可是好像谁也不在乎；一只猫在呻吟，仿佛一个无人怜爱的孩子在哭诉。我跟在肥胖的肉墩子后面。她对我说：

"其实应该把这儿叫做半人街！"

路上她看见一只肚子滚圆的猫，便踢了它一下。那猫不是喵喵地叫，而像受了伤的人一般号叫起来。她在一扇用几根铁条和几把大锁关紧的门前停住，对我说：

"就在这扇门里，灾星着实闹腾了一通。它让不会生育的女人怀孕，它给我们带来旱灾，接着又连降暴雨。这儿就是灾星的大本营。这原本是老城的一个办事处。有一个男人发育很正常，却同他的女儿交媾。有一天房子倒塌了，把他们都压在了里边。没人去把他们扒出来。有人把门窗堵死，又糊上沙子和水泥。父亲、母亲和孩子全都被压在里边，黄土和地狱的火焰把他们永远粘结在一起。从那时候起，灾星算是安稳了。它仍然在作怪，不过不再造成灾难。"

我不明白她为什么要对我讲这些阴森可怖的事情。我关心的是命运将如何安排我，而不是这些巷子的大墙后面曾经发生的事。

其实，她是在向我介绍左邻右舍。

"这儿住的是一家规矩人。男的是鞣革匠。没人愿意同他握手。那气味实在难闻……那边住着个粗鲁的单身汉……这儿没住人，不知道为什么……一座被废弃的房子如同一个没有讲完的故事……那边是奶品店，如今成了教授《古兰经》的学校，领事就在这里教课，离我们家很近。"

这是一座两层楼房。不算宽敞，但要比周围的房子高。夏天，人们大部分时间都呆在凉台上。肉墩子将我安置在一间带家具的、按传统方式布置起来的房间里。她命我等着，不要随便走动。我环视四壁。墙壁因返潮变得斑斑点点，有些斑迹形同起皱纹的人脸。由于一个劲地老盯着看，我觉得它们似乎动弹起来。墙正中挂了一张缠着头巾的老人的照片，看去似乎面带病容；这张黑白照片后来又着上了颜色。一切都显得很旧，无论相纸、口红、蓝色缠头巾，还是肤色都如此。岁月在上面留下了足迹，照相时的疲惫神情现已显露无余。他可能是这家的父亲或祖父，眼中流露出无限的忧伤。这是他对人世的最后一瞥。他漫长的一生想必曾遭遇某种坎坷。

肉墩子的声音将我从沉思中惊醒，她对我说：

"这是我们的父亲。他很不幸，我们也一样。这是他故世前不久照的。行了。领事明天见你……"

她犹豫了一会儿，又笑着纠正道：

"倒不如说你明天见他。我们吃点东西吧。不知道为什么，你给我一种可以信赖的感觉。我不容易轻信别人。可是一见到你，我立刻就觉得我们合得来。我忘了问你想不想工作，就是说你是否答应……"

"我没问题。无论什么，我都乐于接受。是什么工作？"

"照顾领事的生活。"

"他是病人？"

"不是，不完全是。他是盲人。四岁的时候发了一次高烧，几乎送了命，从此双目就失明了。"

我同意了。

"你慢慢就会知道应该干些什么。我对你一无所知，这样更好。要是不走运，你背叛了我们，我将绝不轻饶你。对于我来说，我已经无所顾忌。我为弟弟牺牲了一切……我希望这个家能继续太太平平地维持下去。"

她说这番话时，我两眼望着别处，我想起了父亲，仿佛又看见他站在房门口训斥我母亲。肉墩子那生硬的口气使我想起了父亲。

有些人大声嚷嚷企图使人慑服。怒火使他们失去理智。也有些人说话平心静气，但更能伤害人。而肉墩子属于那样一种人，他们非但毫无顾忌，而且敢说敢做。

她长着棕色的头发，身高体胖，臀部肥圆敦实，因此得了个浑名"肉墩子"。看不出她究竟有多大年纪。脸上的皮肤虽很平滑，却黯淡无光。她肥胖的身躯非但没有给她的职业带来什么不便，反倒成了她手中的一张王牌。肉墩子在公共浴池里占据一个具有战略意义的岗位，恐怕连情报部的人都会羡慕不已。她什么都知道，附近所有的人家她都认识，有时还介入这桩或那桩阴谋诡计里去，甚至还给人撮合婚姻、安排约会……她简直是这个区的活户籍册和存储器，她替人保守秘密，听人倾吐隐情，有人对她畏惧，也有人对她亲热。她监视进出的人，替人保管衣物，还兼管浴池在隔壁的锅炉房。她的乳房大得出奇，小孩们见了害怕，但少年却偏爱，他们往往希望能把头深深地埋进这高耸的胸脯里。她大概不曾结过几次婚，也许寡居，或者离了婚，总之，她没有过真正的家庭生活。她游离于社会之外，没有人真正关心她怎样消磨夜晚，同怎样的幽灵一起过夜。于是人们便胡编一气，有人说她乱伦或者搞同性恋，说她会用纸牌算命，还会施巫术；也有人说她道德沦丧，居心险恶。

　　自然，肉墩子这个如今连上楼都吃力的女人也曾年轻过，她也许有过恋人，甚至丈夫；她也曾有过嫁妆、房子和首饰。那时她可能身材苗条，或许算得上漂亮。我望着她，试图由她那臃肿疲惫的身躯，想象她当年少女时期的模样。后来，顷刻之间，地动山摇，全家人都在地震中丧生，唯有他们姐弟俩在废墟中死里逃生，但小弟弟却遭了难，双目永远失去了光明。

　　一天晚上，我和肉墩子都难以入睡，她便对我讲了这段往事。领事鼾声大作，而我俩却坐等天明，等着天亮去买油饼和沏茶用的薄荷叶。关于地震前的生活，她只字未提。于是我便想入非非起来。我想象她住在一栋房子里，有一个幸福的家庭，还有一个男人。也许地震那天夜里她不在阿加迪尔，而是在别的地方同丈夫在一起，他打她，还经常去找别的女人。他可能带着他的侄女或者表妹私奔了，他们远走高飞，从此音讯杳然。

　　我一言不发。从她的眼神里，我有时能捕捉到某些屈辱的痕迹：

　　"不错，我是一个被遗弃的女人！我被撵到了大街上，俗话说：'猫儿离不开荤腥'……他之所以出走，是有充分理由的。'你知道怎样才能拴住男人的心吗？靠这个和这个，'我母亲对我说着，一只手放在下腹部,另一只手搁在臀部上。'现在谁还要一个别人已经使用过但又感到不好使的身体?没人愿要,或者谁都可以要。一个像离过婚却又不曾离婚的女人,一个没有遗产的活寡妇,一个有家难归的妻子,我拿你有什么办法?你是个沉重的包袱,一座压在我心头的大山。亲戚朋友和左邻右舍要是问起来,我怎么回答?说我的女儿没能让男人满足,所以他到别处去寻找没能从结发妻子身上得到的东西?不,这太过分……'

也许因为不想再听这样的谴责,不愿再当遭人唾骂和鄙视的弃妇,所以她离家出走了。她的小弟弟也许紧紧跟随她,拽着她的袍子哭泣哀求。他们天涯飘泊,日子一定很艰难。他们曾挨饿受冻,贫病交加。小弟弟因患砂眼而双目失明。她替大户人家缝补浆洗,逢到婚庆洗礼,就替人家烧饭做菜。她像对待亲生儿子一般将弟弟拉扯成人。她希望他生活得更幸福,千方百计为他争取到一份公共救济金。他当上了小学教员,并且教附近的孩子们读《古兰经》。

她想使他成为部长或者大使。而他只在一个影子国家的一座假想的城市里当了领事。是她授予了他这个头衔。他只是"不便辜负她的一片好意"才勉强接受,他将来肯定会这么对我说。他在同她演戏。她感到满意,他也从不使她扫兴。他们之间的这种关系是经双方默契而形成的,每日以固定的形式加以表现,这对姐弟无疑便显得古怪、暧昧,然而又似乎像在舞台上演戏一般,使人难辨真假。

起初我以为他们是在闹着玩,或者为了让我开心。他们有时张牙舞爪,互不相让;有时又互诉衷肠,极富浪漫色彩。他们用词十分华丽,即便争吵的时候也是如此。最隆重的仪式在清晨举行。为了唤醒领事,肉墩子起先轻声哼唱,然后一边走近他的房门,一边喃喃地念着以下的诗句:

> 我的羚羊，我的心肝，
> 我的亲亲，我的心尖儿，
> 我的美人，我的王子，
> 我眼中的光明，
> 请张开双臂……

她不慌不忙地唱着，总是柔声柔气地唤醒他。她时常送来鲜花，而他的第一个问题不是关于花的香味，而是花的颜色。他摸摸一朵花，然后说："这种红色太艳"，或者说："这种黄色摸上去很舒服。"

她就去亲吻他的手。他若是不把手抽回，就表明他当时心绪甚佳，并祝她当日顺心。然后两人便关进洗澡间里，她为弟弟剃须、洒香水并穿衣。接着便双双携手步出浴室，缓缓前行，并向想象中的人群致意。

起初我忍俊不禁，暗自好笑。久而久之，我也学会扮演他们想象中那清晨即起迎候亲王伉俪的庞大的欢迎队伍。

我坐在摆着早餐的矮桌旁的一张圆凳上，听见他在过道里说：

"我感觉出家里有一朵花儿；她缺水……你为什么没告诉我？"

他们进来的时候，我站起身向领事致意。他伸手让我亲吻。我只握了一下，便又重新坐下。

"算不算花儿还不能肯定，倔强倒是显而易见！"他说。

我微微一笑。肉墩子示意我起身，似乎在说："我们不和领事同桌吃饭。"

她和我，我们俩在厨房悄悄吃罢了早饭。

"这个家是我们的一切，"肉墩子对我说道，"我必须好好管理它，保护它免受那些不正派、好妒忌的人的干扰。我照管家里的一切。我什么都得考虑到，尤其不能让领事短缺什么。我们挣的钱够用了。有时候我因为有事不得不留在浴池里，可我惦记着领事。他一人呆着没趣。于是他就打开收音机。这可不是个好兆头。每当他打开这机子的时候，他的心绪就很烦躁。我得像男人那样在浴池干活，又得作为主妇料理家务，有时甚至得两头同时兼顾，我实在力不从心，因此希望你来帮助我。我对你明说了吧：我外出的时候，需要有人在家，好使领事安心。晚上他喜欢有人为他读点什么。我不识字，于是我就给他编故事；他不爱听的时候就发脾气，以为我把他当孩子哄。我知道的故事都讲完了。这些日子以来，他变得烦躁、粗暴，几乎到了凶恶的程度。我很难过。我需要帮助。每天的日程安排基本相同：上午他去学校教授《古兰经》，下午午睡，晚上自由支配。晚上就由你来照顾他。"

八　领事其人

最初一个星期，我只觉得昏昏沉沉，心不在焉。夜里我不再乱梦颠倒。起床以后，我一连几小时在屋里转悠，独自面对这些陈旧的陈设、轧制的地毯，以及五斗柜上方那位父亲的照片。我久久地凝视这位老人，直至看得眼花缭乱。我喜欢这样懒散孤独，因为这时我无须向任何人交待什么。晚上领事回到家时，我的头脑也清醒了。白天，时间在延伸，仿佛给我提供了一张吊床，我躺在上面，陷入了悠远的遐想。我瞪大眼睛盯着天花板以及那上面因返潮而形成的曲曲弯弯的图纹。往事一幕接一幕地在眼前浮现。我无法抵御这蜂拥而至的纷乱的回忆。它们都呈同一种颜色：乌贼墨汁色。随之而来的还有喧嚣声、呼喊声和叹息声，我也夹杂在其中，那时我还是个孩子，不过不是那些人想制造的那个孩子。

在我们家宽敞宅院的尽头有一间类似谷仓的屋子，里面堆放着冬用的麦子、油料和橄榄。屋里没有窗户，黑洞洞，冷森森，老鼠遍地乱窜，令人胆战心惊。父亲有一次将我关在里面，我已记不清是因为什么。我当时又恼又冷，浑身打颤。首先浮现在我脑海里的便是这间令人望而生畏的房间。为了驱散这可怖的形象，我从吊床深处召来了父亲、母亲和七个姐姐。我示意他们进去，将门上了两道锁，然后浇上汽油，点起火。我点了好几次才引着火，因为房子潮湿又有风，前几次刚点着就又灭了。火焰在这一家人的四周窜来窜去，却未能烧着他们。他们团结一致面对考验，一动不动地等待这场恶作剧收场。

我一挥手驱散了这幅幻景，试图另外再追忆点什么。我的幻梦总是那么阴森恐怖。

　　一条窄小僻静的街道。石墙上长出一些形似枯黄的石榴般的东西。用石灰刷白的墙上有几处光洁的地方，上面涂满字迹、淫画和乱七八糟的东西。家长们带孩子一起外出，总是避免从这儿经过。就在这条和坟墓一般狭窄的街上，我遇见了我的父亲。我和他迎面相遇。我没有抬头看天，而是在尽力辨认墙上那些字画。我没有同他说话。我高声读出墙上的字："爱情如蛇一般在双股间游动"……"睾丸像是鲜嫩的苹果"……父亲靠墙站着，脑袋正好夹在两条叉开的粗腿中间。他的脸色苍白，没有丝毫表情。我用力摇晃他，仿佛要将他唤醒。但他已经冰凉，脸如死灰，他死去已经许久了。

　　这条窄小的耻辱之街一直通往深渊。我满心好奇，想走到头看个究竟。居民们纷纷逃离此地，因为据说这条街通往地狱，通向一个院子，院里的地上摆满骷髅头，仿佛一个个西瓜。再没有人从这儿经过。这是一条受诅咒的街，从地狱脱逃的死鬼不时在这里躲藏。

　　我知道父亲将会在地狱里盘桓一些时日，虽然他生前拼命祈祷和施舍。我对此已确信无疑。他肯定在那里赎罪。也许有朝一日我会去那里与他相会，因为我是他罪孽的祸根。不过在此之前我得生活，我已下了决心……

　　我正在胡思乱想，看见领事走进了厨房。我连忙站起来。他做个手势示意我坐下。我却呆在那里发愣。他动手煮起薄荷茶来。他知道每件东西的位置，不用摸索便能毫不迟疑、准确无误地拿到他所要的东西。他把茶放进茶壶以后，对我说：

　　"请你烧点水好吗？"

　　他从来不碰火。水煮沸后，他站起身倒进茶壶里。然后他关掉煤气，让茶泡一会儿。他一边坐下，一边对我说：

"这茶可能不怎么好,请你原谅。薄荷叶不很新鲜。忘记买了……现在你可以倒茶了。"

我们默默地喝着。领事显得很高兴。他对我说:

"现在不是喝茶的时候,不过我非常想喝,于是,我就回来了。我希望没有打搅你。我本来可以上街角那个咖啡店里喝杯茶,不过我想在这儿喝。"

我不知如何回答才好。他又说:

"你为什么脸红?"

我伸手去摸脸颊,脸热辣辣的,我大概是脸红了。他优雅潇洒的举止给我很深的印象。我不敢看他;他似乎具有另一种直感的官能。我稍稍闪开几步,仔细打量起他来。我说不清他是否漂亮,不过,正如人们所说,他具有一种独特的风采,不,远不止于此……他……他让我害怕。

用完茶后,他站起身:

"我该走了,这些孩子真叫人受不了。我试图像讲解优美的长诗那样教他们学《古兰经》,可是他们偏提一些叫你哭笑不得的问题,比方说:'基督教徒都得下地狱,是真的吗?'或者:'既然伊斯兰教是最美好的宗教,那真主为什么等了那么长时间才让它得到传播呢?'我唯一的答复便是眼望天花板重复他们的问题:'为什么伊斯兰教这么晚才传开?'……也许你,你知道该怎么回答?"

"我考虑过。不过,你瞧,我和你一样,我喜爱《古兰经》,它像一首优雅的诗篇,但我也憎恶那些对它采取实用态度的坐享其成的人。他们限制了自由思维。他们都是伪君子。而且《古兰经》里也谈到……"

"是的,我明白……我明白……"

停了一会,他背诵起《伪信者章》第二节的诗句来:

"'他们以自己的盟誓为护符,妨碍主道。他们的行为真恶劣……'狂热信教也罢,亵渎宗教也罢,这并没有多大区别,他们都是一丘之貉,我根本不屑与他们为伍。"

"我可是非常熟悉他们。我曾经同他们打过交道。他们乞灵于宗教只是为了践踏和控制别人。而我,我现在祈求的是思想自由权和信仰自由权。这仅仅涉及我个人的良心。我已经同黑夜及其幽灵洽谈过我的自由。"

"我很喜欢你笑。"

在说到黑夜的时候,我确实微微地笑了笑。他要我借给他一块干净手绢。他摘下墨镜,小心翼翼地用手绢擦拭镜片。临出门时,他在镜子前站了一会,扯了扯长袍,理了理头发。

我把房子收拾了一下,然后走进水房。那里没有洗手池,也没有澡盆,只是在一排冷水龙头下面摆了几只脸盆。我在一面小镜子前照了照。我消瘦了一些。乳房渐渐隆起。我将双手放在两股间,还感到隐隐作痛。我已失去了童贞。我的手指像行家一样证实了我的怀疑。丛林的那一幕既粗暴又盲目。这一段回忆不夹杂任何感情或评论。对于我来说,这只是曲折的人生道路上的一个波折而已,无须大惊小怪。我的身体将经磨历劫而不留任何创伤。我早已坦然地作出了抉择。我尽力学着去遗忘。最要紧的是设法摆脱二十年的谎骗生涯,决不回头观望,将种种不可告人的、可憎可恶的、难以忍受的往事通通踢开,它们在我身后紧追不舍。我明白,这堆盘根错节的乱麻还将困扰我一阵。要想将其摒退,我必须在它们叩响我睡梦之门时设法躲避出去。于是我决定认真料理家务,好好侍候领事;成为一个真正的女人,培养自己的敏感性,使我的身体恢复那曾横遭剥夺的女性的柔媚。

光线从两扇窗户射进领事的卧室。室内窗明几净，布置得十分雅致，有条不紊，给人以舒适之感。铺挂的织物色彩缤纷；一条柏柏尔地毯更为室内增添了欢快热烈的气氛。靠床立着一个小书架，上面排列着一些盲文书籍。床头柜上放着一只闹钟、一张领事同他姐姐的合影、一个烟缸、一瓶水和一只杯子。屋子尽头有一张桌子，上面有一台打字机，一张才打了一半的纸露在外面。我竭力克制自己不去读它，哪怕是开头第一行。不过我又十分好奇。我走开几步，然后又试图看清几个字。从格式来看，我猜想大概是篇私人日记。桌上还有一个红色文件夹，里面有一叠纸。我不禁脸红起来。我感到羞愧。我责怪自己发现了这个秘密。领事记日记这件事恐怕瞒着他的姐姐。

晚上发生了自我到此以后的第一桩纠葛。肉墩子带着买回来的晚餐食品径直奔进厨房。一进去就发现了那壶还挺满的薄荷茶和那两只我忘了洗涮的杯子。她放下篮子，问我白天是否有人来过。我告诉她没人来过。

"那是谁喝的茶？"

"领事和我。"

"领事白天从来不在家里喝茶。"

"他喝了！他上午回来了，茶还是他自己泡的呢。你可以去问他本人到底是怎么回事。"

"不。他在房间里工作。不能打扰他。茶好喝吗？"

"好，不太甜，不过我喜欢……"

领事从他的房间里插话道：

"茶是不错，不过和我们的客人共度时光更不错。"

肉墩子没有答话。她心绪不佳。我想帮她忙，她拒绝了，她让我去给领事洗脚。

"是时候了,烧些水,然后准备好毛巾和香水。"

我从未给男人洗过脚。领事坐在靠椅上伸出右脚让我揉搓,左脚在热水里浸泡着。我按摩得很笨拙。他并不生气,拿起我的手轻轻地揉搓起来。

"不要摩擦,也不要挤压,而是介于两者之间。按摩是一种抚爱,它能穿透皮肤渗入体内,而且还能产生轻微的、十分惬意的震颤。"

他示范以后,我又重新跪下,努力仿照正确的姿势按摩。他的脚不算大,也许穿三十九码的鞋。我慢慢地按摩着。他显然很满意。他面带微笑,不断高兴地呼喊:"真主!真主!"

刚才虽然闹了一点不愉快,晚餐倒很太平。姐姐有些疲乏。她站起身对我说:

"你给他念点东西。"

"不,今天晚上不念,"领事说,"我要同我们的客人继续上午的讨论。"

他邀我一起去凉台。

"那儿夜色温馨美丽,尤其眼下夏季正慢慢逝去。而且我也十分喜爱布满繁星的夜空。还有两天就要月圆了。你会看到那将是多么美好。"

凉台上铺着一条地毯,还有两个坐垫。城市尚未入睡。我看见周围也有别的人家正在凉台上吃晚饭或者玩扑克。我正望着,他让我特别留意右边第三个凉台。

"他们在那儿吗?"

"谁?"

"一个男人和一个女人,都很年轻,还没有结婚;他们经常在凉台上谈情说爱。他们在一起接吻、拥抱、细语温存、情话绵绵。当我感到孤寂的时候，我就到这里来，我知道有他们在陪伴我。他们看不见我。当然我也看不见他们。不过我能感到他们的存在，而且十分喜爱他们。他们避开众人，单独幸福地过上几个小时。我是这种幸福的审慎的旁观者，我也感到幸福。你知道吗，我有时候得间接经历一些事情。这并不十分严重，不过太频繁了也不好。行啦，我不再说这些琐碎的事情来打扰你了。上午我们谈什么？"

"伊斯兰教。"

"伊斯兰教！也许我们不配谈论这么崇高的宗教。"

"任何宗教难道不都是以罪恶为基础的吗？我算超脱了，但是从宗教神秘论的角度来看，我却是一个被遗弃的人，有点像阿勒·哈拉热。"

"我不太明白……"

"我已经弃绝人世，至少已弃绝了我的过去。我把一切都铲除了，我也自动铲除了我自己。我试图幸福地生活下去，也就是说以我自己的方式、用我自己的身体来生活。我把往事都连根拔掉了，伪装也揭去了。我浪迹天涯，不受任何宗教束缚。我朝前走着，穿越神话般的境域，对一切无动于衷……"

"这就是人们通常所说的自由……"

"是的，剥去一切，什么也不占有，目的是为了不被占有。自由自在，也就是说无拘无束，超越一切樊篱，也许还超越时间。"

"你使我想起了禅宗的圣谕：'人原本一无所有。'"

"人本一无所有，的确不错，而且最终也将一无所有。然而人们却被唆使去占有房屋、父母、子女、宝石、产权证书、货币、金子，还有人……而我，我正试图做到一无所有。"

"这种占有欲和消费欲表明了我们的极度匮乏。我们缺乏最基本的东西,而人们甚至毫无感觉。我认识一个了不起的人,他两袖清风,没有房产,没有负担,无牵无挂,赤条条来,赤条条去。他是一个诗人,具有语言天赋……"

"占有、积聚,也就是人们常说的积攒,这难道不是把我们的尊严逐渐置于危险之中去经受考验吗?"

在我们交流这些想法的同时,领事在一块特制的砧板上仔细地切着印度大麻干烟叶。起初我并未在意。他干得很利落,又稳又熟练。他装好第一锅烟,点着以后吸了一口,然后磕出燃尽的烟草末。他像是自言自语地说:"不错",然后又装了一锅,递给了我。

"我不知道你是否喜欢这种烟!我觉得质量不错。我不时抽上一两锅,这有助于我认清事情的本来面目,也有助于作自我剖析。当然,不能玩文字游戏!"

我从前偶尔吸过印度大麻烟。我对它没有留下什么好印象。可是今晚一切都那么美好,连大麻烟也不例外。我觉得很有信心。我刚迈出地狱之门。

我每晚学着为他洗脚的这个男人已不再是我的主人,我也不是他的奴仆。他已成为我的一个亲人。我忘记了他是个盲人,而像对待老朋友一般与他交谈。他自己有一天晚上在凉台上也同我谈起这一点:

"我们这样意气相投,想必我们身上都潜留着同样的创伤,我不用'残疾'这个字——盲人对盲人往往咄咄逼人,心狠手毒——我是说有某种毁灭了的东西使我们彼此接近。"

我已决定将往事彻底埋葬,所以没有对他的这番话作出反应。领事从未设法刺探我以往的秘密,对此我十分赞赏。我怎好告诉他我的生活正在开始,告诉他舞台上那厚厚的帷幕已经落下,遮挡住同样都蒙上绝对遗忘的灰尘的人物和道具？我表面不动声色，内心却展开了斗争，试图一劳永逸地走出这极为不利的迷宫。我在同犯罪感、宗教、道义之类的东西抗争，这一切有可能重新露头，似乎想要危及我的声誉，玷污我，背叛我，并且摧毁我竭力想捍卫的仅有的一点属于我自己的东西。

与领事的邂逅相遇对我是件十分重要的好事，不过在日常生活中也使我遇到一些麻烦。这个男人有他自己的天地，按照他自己的节奏生活。他有自己的习惯，有某些脾性，还有一套显得滑稽或荒谬的礼节。这一切都由他姐姐精心维护着，她在这些方面施展她的威力。我不知如何是好。我是偶然被雇用的，还不十分清楚究竟该干哪些事情。肉墩子曾对我泛泛地指点了一下。不过他可什么也没说。我在这个家并不完全听他指挥，但我必须随时听候吩咐。通常我喜欢心中有数。而眼下我却如同堕入五里雾中，可我倒反而喜欢这样了！这使我想起一件发生在我们三人中间的事，当时我们都曾被笼罩在迷雾中。

一天晚饭以后，领事用专断的口气对他姐姐说：

"明天你让人把浴池打扫一下。我决定我们三人一起去洗澡。"

"这是不可能的呀！"

"不，可能的，明天浴池由我们家包下了。我们都去，你、我们的客人，还有我……"

"但是……"

"没什么可担心的。我是没法发现你们的隐私的……"

我一声也不吭。我感到肉墩子指望我站在她一边来挫败这项计划。然而我非但不帮腔，反倒高兴我们能像一家人那样在一起洗澡，而且我对此也有几分好奇。

"就这样吧，"姐姐答道，"最后一批客人九点左右离开。你们十点以前来吧。"

她起身回房，再也不出来了。领事虽然有些不安，但却很高兴：

"我不愿意看见姐姐生气。她大概以为我故意跟她过不去。我不时会起一些古怪的念头。我烦躁的时候就这样。不过我确实没有征求过你的意见。你觉不觉得这样不方便……"

"明天再看吧！"

"我这么说是因为你是一个女人，而且凭我的直感，还很富有女性……让你在雾气腾腾的黑暗中同一个男人在一起……"

"你说得是。我不愿意你姐姐以为这是我的主意，以为我们俩合伙对付她……"

九 协 约

　　只有公共浴池的主室还有点亮光,其他两间都黑洞洞的。室内光线昏暗,视力好的人也几乎难以分清黑线与白线。倘若迷惘的灵魂也能有一线光明的话,那这光明也只能是这样的。雾气笼罩在赤裸裸的身体上。墙上渗出滴滴灰色的水珠,潮湿的空气里传来阵阵沐浴者无休止的闲聊声。客人散尽后,浴池经过清洗,就属于我们三人的了。肉墩子以地主的身份牵着领事的手首先入浴。我悄然随后,我仿佛又见到了两个月前我初来这里时的情景。那时因为肉墩子急于关店门,我只得匆匆搓洗,还遇见了那两个女巫婆,险些送了命。我慢慢地走着,一边打量四壁。在尽头最暗的那一间,突然出现了一个幽灵,那是一个悬吊在天花板上的少女的身体。我越往前走,那身体便越苍老,最后我竟然和母亲面面相对。她的牙齿已经掉光,散乱的头发一簇簇飘散在脖颈和面颊上。我倒退着逃到领事和他姐姐洗澡的中间屋子里。我确信我的记忆里浸透了死者的血液,它们又将这种血液注入我的血管里。这种混合的血液使我产生幻觉,仿佛看见干瘪的身躯在向我讨还血债。我决定保持缄默。自父亲死后,这个混合血液的故事一直缠绕着我。遗忘进展缓慢。但无论如何我确实在埋葬过去一切的人和事。人们在公共浴池里往往容易产生幻觉。夜间,幽灵盘踞此间秘密商谈。清晨打开大门时能闻到一股死人味,地上还残留一些花生壳。众所周知,幽灵总是边吃边聊。但是我走进中间浴室时所见到的却不是幻影:肉墩子腰间缠着条浴巾,正坐在俯卧在地的领事身上。她拽动他的四肢给他按摩,嘴里还不住哼哼,这哼唧声不是出于快感,但却酷似强忍的接吻声。看见他们这样在一起,领事口中又直呼"真主!真主!",就如我给他洗脚时那样,我感到十分新奇。肉墩子只需在领事的屁股上轻轻一拍,他就会变换姿势。他那颀长的身体便重新和肉墩子那臃肿肥胖的身躯完全粘合在一起。两人都从中得到某种快感。我听凭他们继续操练,独自走到外间,那儿比较凉爽。我腰间围着一条宽大的浴巾,开始洗头。这时肉墩子光着肥硕的身子来到我跟前,命令我到他们那里去。

"你有什么好遮遮掩掩的?你有的,我也有,再说我兄弟也看不见。你尽管放松好了,到我们这里来吧。"

我认为这是领事的命令。我洗净了头发后便走到他们身边。他俩叉开双腿坐在屋子中间,正吃着煮鸡蛋和红橄榄。这是当地的习惯。她递给我一个鸡蛋。蛋没有煮透,蛋黄顺着指缝流下来。我感到有点恶心。有那么一会儿我觉得自己成了这可怕的姐弟俩手中的玩物。肉墩子叫我用肥皂给她擦洗后背和屁股时,我这种感觉便更加强烈。领事在暗自得意。她撅起屁股那副样子真是可笑。我仿佛在洗刷一座死山。她睡着了,并且打起鼾来。领事的手触到了我的左乳。他连忙道歉,说本想抚摸我的左肩。他请求让他睡一会儿。他的皮肤很细腻。我和他保持一定的距离。他从我的声音中觉出了这一点。他很会凭声音判断距离。他告诉我能和我一起在浴池里洗澡,他感到很高兴。我对他说那鸡蛋叫我恶心。我站起身急步跑向一个角落去把刚才吃下去的东西吐出来。这种昏暗潮湿,雾气腾腾的环境,加上身边有两个女人,明显地激起了领事的性冲动。于是我懂得了形象并不能激发盲人的情感活动,而气味、具体的环境,有时候加上某一场景,却能诱发他们内心的欲念。领事已退到一个阴暗的角落里,脸冲着墙。我明白假如我听任他触摸,他就会失去自我控制的能力。他低声请求我给他的后背擦肥皂。我拒绝了。他也不再坚持。我没有任何欲望。只要看到躺在浴室中间的肉墩子,我就重新感到恶心。我匆匆洗完澡,来到了休息室。我困乏已极,不觉矇眬睡去。

我是在梦里还是在浴池里?我听见阵阵无力的呻吟和急促的喘息声,又见——我相信是看见了——领事整个身子蜷伏在他姐姐的怀抱里。她把乳头放进他的嘴里。他像婴儿一般吮吸着。我不清楚他们中究竟是谁发出这种心满意足的喘息声。这种场面已经持续了好一会儿,我冷眼瞧着他们,而他们却看不见我。这怎么可能呢?这个如此精细、聪明的男人,怎么像幼儿般蜷缩在这个女人的怀抱里?在他吮奶头的时候,她为他按摩腿脚。想必他只得用这种迂回的方式来满足他的需要。

当我看见他俩裹着宽大的浴巾走出来时,我明白一项秘密的协议已将他们生生死死连结在一起。他俩显得高兴而平静。也许领事有意拉我加入他们的秘密协议,成为他俩的同谋。当听姐姐告诉他我很快就退出了浴室时,他便颇为不快。我原以为他能感觉出来,但他全身的感官正在体验肢体舒散的快感。我知道盲人很敏感。领事在强压怒火。对他这种情绪,我竟未能淡然处之,反因刚才发生的事而感到不安。那天夜里,领事彻夜未眠,我听见他在打字。肉墩子却酣然大睡。我则等待天明。我好几次很想推开领事的房门,去坐在一个角落里看他打字。但我害怕他的反应。他正在生闷气。也许是我的举动所致。我不知如何是好。我内心很矛盾:奇特的喜悦中搀杂着恐惧。维系我们关系的平衡已从根本上被打破。那种关系虽然暧昧,但却是坦诚的、崭新的,会随时间的推移而发展,而且会因双方微妙的感情而显得友好和谐。这同那种急风暴雨式的激情毫无相同之处。这或许也是激情,但尚在摸索阶段,还不知如何表达。

对我父亲的感情是我平生所领略的唯一激情。我体验它一直到了尽头，它变成了憎恨，一直恨到他死，死后依然憎恨。然而，这股激情所经之处，一切都遭到毁灭。任何激情的实质都是灾祸。灾祸是激情的核心、动力和起因。起初人们并未察觉。只是当激情急风暴雨似的发作之后，人们才发现灾难已经铸成。因而我步步谨慎，唯恐出错。我决定冷眼旁观，甚至消极对待。必须对意识进行清洗，让身体有充分的时间脱胎换骨，让往事从记忆中永远消失。我推说喉咙发炎躺在卧室里。在发生了浴池事件之后，必须有几天的缓冲才能重新与领事对话。我感到难以与他交手。什么都瞒不了他。他能感受到一切。对所关心的人的一切，他都了如指掌。

　　一天，我还在床上躺着，他来敲门，并且提议傍晚我俩在凉台会面。他告诉我白天天气非常好，阳光十分柔和，是交谈的理想天气。我隔着门回答道："我很乐意去！"

　　我说的是心里话。我内心充满喜悦。我们已有十来天没有交谈了。一切正逐渐恢复原样。肉墩子在生我的气。她把所有的家务活都扔给我干。她用这种方式提醒我我只是一个仆人，充其量不过是个干家务活的女佣人。可是从一开始，领事就没有这样对待我。我既不是女仆，也不是照顾残疾人的护士。肉墩子千方百计想把我和领事分开。她在厨房的一个角落里放上一张床垫，告诉我从今以后这里就是我的卧室。我没有表示反对。这是她的家。这对我并无多大妨碍。与锅碗瓢盆作伴、睡露天或者睡舒适的卧室，我都无所谓。反正我也没有行李需要搬动。我便在厨房过了夜，还做了个好梦。我梦见自己外出旅行，乘过船，还在清水里洗过澡。

　　清早，我听见肉墩子姐弟俩在斗嘴。时间很短，但很激烈。这是否是以我的到来为题材所编写的剧本中的一场戏？或者盲人的某个癖好未能如愿，因而在大发雷霆？也许他在责怪姐姐不该将我赶到厨房睡觉……反正我也不想知道。我无权干涉他们的内政，于是保持沉默。我认为领事对我的关心已相当明显。说到底，我只是一个外人，一个无家可归的人，既无证件，也无行李，而且身份也不明，真可谓来无踪，去无影。流浪生涯刚开始就被收留，我对此并非无动于衷。而有幸相遇这个头脑复杂、颇有教养然而又令人生畏的男子，则日益成为我生活中的一件大事（在此，我并不将生活区分为过去和现在）。我的生活包括一切已流逝的、已经历的和已被击溃的东西。

我洗完碗碟，将厨房整理一下，然后就躺下睡觉。蟑螂和蚂蚁是我的伙伴。通常女仆都睡在厨房，即便大户人家的女仆也是如此。肉墩子将我放逐到这里，是要使我明白我真正的职责以及我举止言行应有的分寸。

这种局面并未持续很久。一天晚上领事来看我，并且要我回到原来的房间。我拒绝了。可他一再坚持，还对我说

"这是命令！"

"你姐姐……"

"是的，我知道。我跟她谈过了。她表示遗憾。她这阵子身体欠佳。风湿病又犯了，心情很烦躁。"

"我听你姐姐的。是她把我安置在这里，应该由她来指定我在这座房子里的新位置。"

"你说得不错。有时候必须把理智撇在一边。我请求你……"

我觉得他似乎在寻找适当的措词来谈一件严肃的事情，他停了一会儿，然后又补充道：

"我不喜欢你住在这里，这么远，又满是油腻和回过炉的菜肉杂烩味儿。"

正在这时肉墩子出现了,头发散乱着,神色很疲惫:

"他说得对。你不要呆在那里了。"

她说完就走了。

凉台上放着一张小桌,上面有一只大麻烟斗、一壶茶和两只茶杯。他邀我同他作伴。他说了大半夜的话:

"我见过一些奇妙的国度,在那里,树木俯身为我蔽日,水晶石从天而降,各色翠鸟在我前面飞舞,为我引路,风儿吹来阵阵馨香。那儿的地壳是透明的,我可以几个小时,甚至几天几夜独自盘桓。我遇见了好些乐天的预言者、分别多年的儿时的朋友,以及我幼年爱过的姑娘;我在一座充满异国情调的花园里漫步,那里既没有栅栏,也无人看守。我曾在大如地毯的睡莲上行走,也曾在长凳上安眠,而无人扰我清梦。我睡得很好,我是说很酣,很沉,也很安详。我没有丝毫忧愁。我心安理得,从而也能平心静气地待人。不过我得对你说实话,事实上,别的人都已从这些国度里被驱逐出去。因此我才觉得那些地方妙不可言。过往的行人从不停留。他们行色匆匆。而我却缓缓而行。我望着那被落日映红了的满天彩霞,赞叹不已。我发现人们都往同一个方向走去。我就随在他们身后,是出于好奇,同时也因为我没有确切的事要做。一出城,他们便都在一个大棚前停下。四周既没有住房,也没有树林,更没有草地。漆成蓝色的大棚搭在一片干燥的开阔地中央。人们从一个门进去,又从另一个门出来,手臂上抱着许多小包裹。我很奇怪。于是我也莫名其妙地跟着大家排队。还有一点也很奇怪,人们都自觉遵守纪律。你也知道,在我们这里,公民责任感其实很淡薄。我来到入口处,看到里面的大书架上立着一块块巨大的指示牌。每块牌上都标有一个字母。原来这个棚子是个文字库。它是本城的字典。市民们来到这里借取他们一周所需的字词,甚至句子。到这里来的不仅仅是哑巴或患口吃的人；也有那些大家熟悉的无话可说的人，他们老是不自觉地重复同一句话；还有一些爱唠叨但又词汇贫乏的人；另外有的人一个字眼到了嘴边，却又对着镜子回忆这个字眼；有的人方位概念模糊，经常搞错书架，他们都由一个向导领着；另有一些人，他们喜欢把字母搀和在一起，说是要创造新的语言。总而言之，整个大棚如同坐在火上的一口大锅。我在过道里溜达。有些字被摞在一起，蒙着厚厚的灰尘。谁也用不着它们。它们被摞得高高的，一直顶着天花板。我想这些字或许没人用得着，或许人们一下子借走以后，就放在家里搁置起来。我从被几个书架遮住的一扇便门走出去，那些书架上堆放的尽是些破损了的、或者因为古老陈旧而无人使用的字。我不告诉你那是些什么字，同样，那些堆放在一个暗角里、用一块鲜红的面纱罩住的粗俗字眼，也由你自己去猜。我推开这扇门，便来到一座宽敞明亮的地窖，如同在美妙的童话故事里一样，有几个年轻女郎在来回走动，她们的头发呈褐色、金黄色或红棕色；每人或象征一种美、一个国家、一个人种，或一种感觉。她们来来往往，却互不搭理。有的人坐在那里打盹。有的人独自来回晃悠，向人们夸耀自己身上的产品。这一大片地窖是本城的图书馆。一个十分俏丽的女郎来到我跟前对我说：'我今年二十二岁，刚从格丁根大学毕业。我的父亲是选帝侯的大臣（她停了一下），他希望我去欧洲最有名的国家旅行……'停了一会，她又接着说：'我是《阿道尔夫》[1]……您把我借走吧，我是一部爱情小说，结局很悲惨；生活就是这样……'我自然立刻联想起某个虚构的国度里的故事，那里所有的书籍都被焚烧，每个公民只得记熟一本书，以便使文学和诗歌得以

---

1 《阿道尔夫》：法国作家兼政治活动家邦雅曼·贡斯当（1767～1830）的长篇小说，写于1807年，1816年出版。

世代流传。可是这儿的情况却不同。没有书籍被禁止或被焚烧。一家公司雇用了一些美丽的女郎,她们各自记熟一本小说、一篇童话或者一个剧本,顾客只需付钱,她们就能来到你家中让你读,或者更确切地说,由她们给你念她们所熟记的书。这想必是个黑市。我付了门票钱,才进到里头。一个中年妇女坐在沙发上。她长得并不美,但眼神却很奇特,富有魅力。我走近她的时候,她对我说:'我是 Risalat al-Ghufran,即《赎罪书简》,我是一本基础读物,但真正读懂的人却不多。我写于 1033 年,我的作者出生在叙利亚北部阿勒颇地区的马拉特·阿勒·努门……我是一本难读的书,我记录了死者之间的对话,我用充满诗意的抨击和谩骂来了结人们之间的宿怨,我使人们在天堂逗留的时间比地狱长久……'这个由活人构成的图书馆很活跃。有一位很年轻的女郎甚至一边荡秋千一边背诵《尤利西斯》[1]:'我总不能整夜如同帽贝般被粘在此地。这时间真令人糊涂。根据光线判断,大概离九点钟不远……'在一间按照东方格调布置的房间里,十来个穿戴成山鲁佐德[2]模样的美丽女郎正准备每人讲述《一千零一夜》中的一个片断。真像神话故事一样。我开始对你说过,这是一个神奇的国度。这个图书馆堪称奇迹。我正待离去,一位白衣白裤的老者走近我,在我耳边低声说:'把自己等同于一本著作,这是亵渎行为。自以为是塔哈·侯赛因[3]的《日子》,或者巴尔扎克的《人间喜剧》,好大的胆子!至于我,我只是一个诵读者,一个不起眼的诵读《古兰经》的人……请您想想,我要是以圣书自居,那我不成了异端分子了吗……这就等于将世界的奥秘全部揭穿,陷入了完全疯狂的境地……

---

[1] 《尤利西斯》:爱尔兰小说家乔伊斯(1882~1941)的代表作,1922 年出版于巴黎。
[2] 山鲁佐德:《一千零一夜》故事集中的人物。相传她是某中亚国家宰相的长女,她为国王讲了一千零一个故事,终于拯救了自己和其他女人。
[3] 塔哈·侯赛因:埃及现代派文学运动的杰出人物,他的自传体小说《日子》颇负盛名。

话虽如此，您如果要找人为您父母的亡灵念几段经文的话，我愿为您效劳……'这真是一个充满传奇色彩的国度。我用那一个个不眠之夜的光芒把它照亮。当我告别它时，心里很难过。每当我醒来，睁眼面对永恒的黑暗的时候，我就对它无限思念，单凭我的意志和愿望是无法重新叩响这神奇王国之门的。必须要博得真主的恩宠，具备特殊的禀性。其实是这神奇之国前来眷顾我。它和它的花园、宫殿以及充满神秘色彩的地宫前来看望我。这是我的秘密，也是我的幸福。不过，我承认，有的时候这些幻景使我疲乏。它们那超越现实的美使我困扰。可是生活就是这样。自从你来到这里，我不像原先那么迫切希望到这些变幻不定的迷宫里去寻求慰藉了。也许你是从那里来的？我已经这样问过自己。这是因为你身上有一股芳香。它不是瓶装香水的气味，而是发自你皮肤的香气。是只有人才具有的香气。我特别擅长获取这种信号。请原谅，我说得太久了。你也许不耐烦了。你可能困了。我们连茶也忘记喝了，都凉了。晚安！"

我很快便入睡了，整夜都梦见那神奇的国度。一切都那么光焰夺目，不过我没能找到通往图书馆的路。

十 颓丧的灵魂

起初我没有注意,或者不如说不想注意肉墩子那被仇恨折磨的面孔。她憎恨别人,更仇恨自己。不过这不太容易区分。在这张脸上,尤其当她熟睡时,可以观察到屡遭挫折后留下的痕迹。这种受熬煎的表情并不是伪装的,而是每日痛苦所致。只有仇恨才能使这个女人避免体力衰竭,并将死神拒之门外。她不会因体力耗尽而死去,但那通向黑暗的沉沉的绝望、深重的郁闷和无限的沮丧却能置她于死地。

一天晚饭后,领事在房里打字,肉墩子来找我和她一起去凉台喝茶。

"喝了茶我睡不着觉。"我对她说。

"那我给你准备马鞭草茶,不过你听了我的话以后,就不想睡觉了。"

"你要跟我说什么?"

"别害怕!我想跟你讲讲我的故事,没别的意思。不过,等你知道隐藏在这张面孔后面的是怎样一个人以后,你也许就没有睡意了。"

她重复领事做过的动作,装完烟斗,吸了两三锅,然后便开始讲起来。我喝着马鞭草茶听她讲,起初是出于无奈,后来却觉得可怕,她比平时讲得快,有时还长时间地沉默不语:

"我知道你是怎么看我的。你没有想法,总之,没往坏处想。还没有。你的耐心,甚至可以说冷漠或者消极使我疑惑不解。有时候你这种无所谓的态度使我生气。不过,这没关系。要知道我很清楚自己是怎样一个人。我的出生也许是个错误。当我还很小的时候——我生来相貌丑陋，后来也还是如此，我常听人这么议论我：'这个丫头不应该来到人世。''生这么个丫头真是作孽。'我是一个叫人讨厌的孩子，一个多余的人。我难看的身体是个累赘。无论走到哪里，我看到人们脸上都显出遗憾和失望的神情，大人们更是如此。总的来说，我心眼不坏。我只是自卫而已。甚至没人惹我的时候，我也在自卫。这是我的行为准则：不能任人摆布。对那些责难和诽谤，我要先发制人。因此什么都逃不过我的眼睛。从一开始孩子们就不愿意同我一起玩。谁也不喜欢这张丑陋无比的面孔。我理解这些人，因为有我在旁边，他们感到不自在。我父母为此很苦恼。他们的脸上带着沮丧的神情。我是他们失败的作品。他们又生了第二个孩子来弥补这个不幸。我弟弟降生的时候，他们隆重地庆祝了一番。对于他们，这意味着苦尽甘来。可是我可怜的弟弟出完麻疹以后就双目失明了。灾难重又降临在我们家。我觉得自己负有责任。这孩子是真主的恩赐，他给我们全家带来了光明。以前家里从来没有笑声，没有欢乐。可是就几天工夫，他的双眼就永远失去了光明。我第一次让眼泪顺着脸颊流淌。我的心灵受到了创伤，但并没有表现在脸上，我的脸依然如故。我不喜欢看见人哭。只有曾经受过爱抚的人才会哭泣。而我从未得到爱抚。我认为弟弟的不幸远远胜过我自己的不幸，我明白自己确实是个晦星。我如同一场不吉利的雨，下得不是时候，人们害怕它，因为它会使种子霉烂。我不得不攒足精力，好让那些无辜的人为我这意外的降生承担责任。我很清楚：我的脸如同一幅用揩布抹过的水彩画。它长得很难看。我浑身上下从外表到内脏都很难看。我的积怨如此之深，至少得再活一世才能发泄完。不过我得承认，仇恨也不怎么解决问题。因为要恨，就必须会爱，哪怕就爱一点点。而我谁也不爱，首先就不爱我自己。自然，我对领事的感情已经超过了爱。他好比是我的呼吸和心跳。可是他不好相处。你一来，他的脸上便重新露出了笑容。以前这日子简直没法过。他甚至变得气势汹汹，粗暴而又蛮不讲理。所以我一见到你孤苦伶仃，无依无靠，就建议你同我们一起住。这你心里清楚，甚至不用我向你说明。你来到家里，带来了一线光明。你是无辜的。我却不是。我听任父母死去而不去照看。我甚至相信没人为他们送终。我领着弟弟，带上几件值钱的东西离开了家。我把父母扔给了一个疯老婆子就走了。我走了，心安理得地走了。一滴眼泪也没掉。生活中凡属希望之类的东西都被我彻底排除了。从那以后，我就一直干这坐着的活儿，糊里糊涂地打发日子。弟弟在我怀里一天天长大。我成了他的眼睛。我拼命干活，好让他什么也不短缺。我不需要他感激我，只是害怕失去他。请你帮帮我，不要让我失去他。我预感到灾难即将来临。我无力应付灾难。可是我却远远地、隐隐约约地看见了它，像是一个人，一个黑影，也许是个男人，或者更确切地说，是个穿男装的女人，它独自一人在那虚假的黄昏里沿着这条大路走来了；我知道，我感觉到这个人影能够遏制灾祸。我没有预言的本领，但是有时候我的预感十分准确，以至我能把事情看得很透彻。那个黑影就像你的模样。是命运指点你来到这里，我们不知道你是什么人，从哪儿来，或者你在想什么。领事好像很高兴和你在一起。总之，你的出现对他大有好处。我不得不把你留下，因为你能重新激起我兄弟微笑和写作的愿望。他已经有好几个月没碰那台打字机了。我不知道他都写些什么。想必是重要的事。假如他要你陪他去一个叫做'芳草地'的地方，你不要感到意外，千万不要拒绝他。他大概每月去一次。以前由我陪他去。现在他不愿意再和我一起去了。他为他姐姐一辈子坐在浴池门前感到羞愧。我不再替人保守秘密，我只不过替人保管旧衣服而已，没有什么可以引以为荣。我这个行当名声不好。你呢，来这里以前你是干什么的？"

她停了一会，装了一锅大麻烟递给我，又说：

"你抽着就想说了……它会帮你……让你说心里话！"

我抽了一口，烟呛了我，我感到很不舒服，咳嗽起来。她眼睛里露出不安和焦躁的神情：

"我想知道。我必须知道。你是什么人？你有什么妙法？你是怎样使一个奄奄一息的人获得新生的？"

就这样我从她的口中得知，仅仅因为我的到来就使得这个在这所阴沉的房子里感到窒息的男子发生了变化。我也感到惊奇。她依然一再坚持，甚至恳求我讲述自己的来历。我没有什么可说的。她就唉声叹气，还哭了起来。为了结束这种令人啼笑皆非的场面，我终于说了几句：

"在来到这座城市之前，我曾经有幸被恩准在非凡的美德之泉里沐浴，其中有一项美德对我至关重要：遗忘。这股泉水洗涤了我的身体和灵魂。它净化了我，尤其清理了我的记忆，也就是说，往事在我的记忆里已经所剩无几，只保留了三四个片断。其余的都消失得无影无踪，只剩下瓦砾一堆，迷雾一片。所有的一切都被裹在一条旧毛毯里了。为了走近这眼泉水，必须摒弃一切，永远排除对往事的怀念。我毁掉了身份证，跟随指引我命运之路的那颗星宿走。它到处伴随着我。你愿意的话，我可以指给你看。哪天它熄灭了，我也即将死去。我把一切都忘记了：童年、父母双亲，还有姓氏。当我从镜子里看我自己的时候，我承认我很高兴，因为连我的面庞都是全新的……我以前想必曾是另外一副面容。不过有一点使我很不安：我可能变得冷漠无情，人们称之为情感的荒漠。假如我不再有任何感情，那我将枯萎衰败，直至最终消亡。无论领事，还是你我，我们都无法同常人相比。所以最好还是学会笑……在这世上，我们只是过客……不要让时光见到我们就厌烦；让我们使它得到一些满足，可以想些新花样，比方说在色彩上想些点子；领事特别欣赏色彩的微妙之处；一个盲人有如此强烈的爱好是不足为奇的……"

我的这番话对肉墩子产生了镇静作用。她眼泪汪汪地听我讲，一反平素那种冷峻的神情。她所说的满腔仇恨已不再在脸上有所流露。我竟然能使她变得温和，使她感动。然而我并没有对她说任何确实感人肺腑的话。沉默了片刻，她一把抓住我的双手狂吻起来。我很窘迫。我设法将手抽回，可她紧拽不放。她吻我手的时候泪流满面。接着她抱歉地对我说：

"请原谅，原谅我对你说话时的粗暴态度。你是先知派来的天使。我们是你的奴隶……"

为了结束这一令人难堪的场面，我呼喊起来：

"行啦！我不是什么天使，也没有受任何人派遣！振作起来吧！"

传来领事打字的声音，那声音很有规律，领事似乎总在执拗地打着同一个字。

十一　纷乱的心绪

我辗转不能成眠。我听见肉墩子躲在墙角哭泣，领事在他屋里来回踱步。有一刻我想离开这里另觅出路。但似乎有什么东西叫我难以割舍。那自然是我对领事的关切，以及一见到他就心慌意乱的那种感受。另外也因为我有一种强烈的预感：无论去哪里，我和人们的关系将总是暧昧不清，我所遇见的也只能是些稀奇古怪的人。我坚信这个家，或者说这姐弟俩与我有缘。我命里注定要和他们相遇，要进入这个家，而我的气质也必定会引起些麻烦。此刻我心烦意乱，脑子里一片模糊。究竟谁在爱谁？谁愿意这种局面持续下去？怎样离开这所房子而不惹出任何麻烦？

我这才知道肉墩子长期以来一直不让任何女人进入这个家庭。她贪婪地将兄弟置于她的羽翼之下。他反抗，却又离不开她。我认为正是在这种紧张的气氛即将爆发，势必导致不可挽回的结局时，我迈进了这个家。

我从长期懵懂的状态中醒来，似大病初愈，如今竟然成了有用的人。肉墩子的心理无疑已失去平衡。她痛恨所有的男人，却把所有的爱全都倾注在她兄弟身上。她时而谈起一个卡车司机，他俩曾在一些稀奇古怪的地方幽会，比如公共浴池附近的烤面包房，或城外某个陶瓷作坊。有一次将近午夜时分，他俩在一个清真寺私会。两人都裹着灰色的罩袍，没有引起人们的注意。他俩搂在一起睡着了，第二天人们来做一天中的首次祈祷即晨祷时发现了他们。他们像窃贼一般逃走了。从此以后，那司机便没有再露面，肉墩子最终也不再等待。在她说胡话的时候,她反复讲她的这段艳史,而且还说领事就是这首田园牧歌的结晶!她不能让他作为私生子去抛头露面,于是就声称他是她的胞弟。这都不是真的。她在信口胡说。

第二天又发生了一件事,更加剧了那维系我们生命的紧张局面。领事回来得很晚。他神色疲惫,似乎有什么事情使他很不高兴。肉墩子急忙上前为他脱罩袍。他用手推了她一下,但她躲开了,那罩袍顷刻间便到了她手中。然后她便去厨房为他烧水揉脚。我没有动弹,默默地冷眼旁观。他怒气冲天:

"他们戏弄了我。这绝对不能容忍!"

他摘下墨镜,神经质地擦拭着。

"这些贱货!她们塞给我一个独眼龙……是的,那个谁也不要的女人。"

从厨房传来肉墩子的声音:

"这是一个教训,没有我陪伴,看你以后还敢自己去不!有我在场,她们是不敢这样做的。得啦,坐下吧,水烧好了。"

领事在靠椅里坐下。肉墩子肩上搭着条毛巾,端着一盆热水走过来。她跪在地上,双手捧起他的右脚。脚刚伸进水里,领事便尖叫了一声,粗暴地将姐姐一脚踢开。她跌了一个跟头,脑袋差一点撞在桌子角上。

"水这么烫!你是故意的。因为我去了那边,你想惩罚我。你走开吧。我不愿意再见你。从今往后,由我们的客人来给我搓脚。"

他换了口气,问我是否乐意为他效劳。

肉墩子狠狠瞪了我一眼。我不禁对她产生了怜悯。她很痛苦,因为她受到了伤害和侮辱。过了片刻,她对我说:

"你去吧,还是这样好。"

说真的，我一点也不想替这位小暴君搓脚。可是应该怎样回绝才不致引起另一场轩然大波呢？我走近他身边，没有提高嗓门：

"这次你就自己对付吧！"

我听任他双脚浸在脚盆里，径自回厨房找肉墩子去了。我已明白他为何发火，但我想知道得更多一些。

"你什么都想知道！"

"是的。"我回答道。

"这都得怪我。我从来没有拒绝过他什么，总是满足他的每一个无理要求。自从你来了以后，他想撇开我……想让你来取代我……我并不恨你。不过你要知道，他这个人不可捉摸。你最好不要爱他，在他和其他人之间立起一道保护屏障。"

她拉过一把椅子，低声对我谈起来：

"最初是每月一次，后来变成两次，再后来三次。他硬要我陪他去。我为他描述那些女人。自然，我感到很不自在。我们从一扇暗门进去。一般不会被人撞见。鸨母明白我们的难处。她把我们安顿在一间屋子里，然后叫几个姑娘来让我们挑选。我的任务是回答一些具体问题，比如：皮肤以及眼睛的颜色、镶没镶金牙——他厌恶金牙、胸围、腰围等等。我恪尽职守。然后我就在街上等他。这是最难捱的时刻。我必须等待领事满足他的性欲。有时候得等很久。我想着他，也想着我的一生。嘴里有一种苦涩的味道。满嘴都是人生的苦水。然而我却想：'但愿他得到满足。'完事以后，我们就能平心静气、和和美美地过上一阵。他变得安详、殷勤、亲切又和蔼。我暗自感激那个使他获得宁静的女人。我想将来为他娶妻。他拒绝了。我明白他所追求的乐趣就是让我跟着他到那个禁地去。我明白盲人需要具体的经历来丰富他们的想象，因为他们无法形象思维，至少不能像我们那样。日久天长,在陪他去挑选能给他快乐的女子的同时,我也从中获得了快乐。可是自从你来了以后,他不跟我打招呼就自己去找女人。我明白,他这是想获得自由,不愿意我做他欲望的眼睛。再不能这样继续下去了。实际上我成了罪恶的眼睛。而且这种事情不该发生在姐弟之间。但是我们之间有多少不该发生的事……当他还很小的时候,我给他洗澡。给他打肥皂,给他揉搓,给他冲洗,然后再给他擦干。他就像我手里的一个布娃娃。他显然也很乐意,直到有一天这种乐趣,怎么对你说呢?这种乐趣被欲望所驱使。他凑上来,把头伏在我的胸脯上,身子紧靠着我。他的脸绯红,那对睁着的双眼像沙漠迷路者那样神色茫然。他对我说:'我要你给我洗……',他已经不是孩子了。他独自一人关在水房里待很长时间。然后我去打扫地面。不知道他是小便了,还是干了些什么别的,反正地上到处都搞得很脏,就像我中午打扫男人浴室时所见到的那样。我什么也没说。我从来不说什么。只要他能幸福,我干什么都愿意。即便现在,我也甘愿低三下四,只要能留住他。但是你来了。你是我的救星,你是天使,你对一切都了如指掌。你要么诅咒我们,要么拯救我们。你或许是毁灭天使,将把这张蜘蛛网来一番整顿;或许从知情人变成同谋者。占有者实际上一无所有。我只有幻想。我一无所有。我是他的奴隶。就差脸上没有印记,否则我就完全是一个忠心耿耿、生死相随的黑奴。好啦,现在你知道得够多的了。要想逃离这座地狱可不那么容易。地狱还是天堂,由你决定吧。我们都是生活在黑夜中的人:领事的双眼永远充满黑暗;我寻求黑暗简直到了着魔的程度;至于你,你也许出生在月色朦胧的夜晚,那一夜希望之星近在咫尺,你也许出生在那注定命运的可怕的夜晚,那一夜每个穆斯林的身体都感受到死亡的震颤?况且,当我看见你又冷又惊地跨进浴池的时候,我一下就从你的眼中认出你是最后一个命运之夜派遣来的。我一眼就看出你在这个世界上是孤苦伶仃的：既没有父母家庭，也没有亲戚朋友。你想必属于那些诞生在绝对孤寂中的非凡人物。这能看出来。可以说我一直在期待你。在斋月那个非同寻常的第二十七个夜里，我的眼前曾非常清晰地出现一个幻景，它使我忧心忡忡。即便我算不上一个好穆斯林，我也感到死亡轻微的震颤从头到脚传遍了我的全身。我看到有个影子向床上的领事俯下身子，并且亲吻他的前额。我以为那是死神在触摸他。我连忙奔进他的房间，看见他像小孩一样在哭泣。他只是哭，却不知道因为什么。自从我们在一起生活以来，他第一次跟我谈起我们的母亲。他确信她还在人世，并且即将来看望我们。我把他抱在怀里像哄婴儿一样哄他，并且把奶头塞进他的嘴里。他含着奶头重新入睡了。"

十二　领事的房间

　　我的命运就此决定，我成为这对奇特姐弟生活中的主要一员。我在不知不觉中逐渐忘记过去，在肉墩子和领事的故事中日益安顿下来。

　　一个节日前夕，我记不清是哪个节日了，领事买了两只活鸡带回家。他决定趁姐姐不在，亲手把鸡宰了。我们平时言行十分小心，唯恐使他想到自己的残疾。我见他来到凉台上，一只手里抓着一只鸡，另一只手里拿着刮须刀，我害怕起来。刮须刀的刀片在阳光下闪烁。领事兴奋地一心想宰鸡。我自告奋勇地去助他一臂之力，但遭到他的拒绝。他蹲在地上，脚踩着鸡翅膀，左手卡住鸡脖子，右手下刀。鸡在挣扎，血溅到墙上和他的衣服上。领事将鸡放到一边让它去扑腾，然后满意地抓起另一只鸡如法炮制，他满头大汗，但几乎欣喜若狂。他下刀过猛，将左手的食指割破了，弄得四处是血。他将割破的手指用手绢包着，他很疼，但不露声色。他不再那样笑了。对他来说，这是百分之五十的成功。我打扫凉台上的血迹时，一阵焚香的气味扑鼻而来，这是人们在节日焚烧小片黑木以奉祀天国的香气。立刻，这香气唤起了一幅乐声缭绕的节日的景象。那时我大概三四岁。父亲抱着我，让我两腿稍稍劈开，来到一位行割礼的理发师面前。我此刻又看到了血，又看到手上沾满了血的父亲那突然而灵巧的动作。我也一样，屁股上，白长裤上都有血迹。

　　这是一个带着血迹和香气的回忆。我想到那位命运多舛的、固执的父亲的荒谬举动，不禁轻轻一笑。我下意识地摸摸下腹部，仿佛让自己放心，然后我继续清洗凉台。

领事自己已将手指包扎好。不管怎样，他为自己感到骄傲。我想到父亲自找的荒谬处境时觉得好笑，而领事呢，他虽然自以为战胜了对失明的挑战，但仍默默地感到痛苦。

家中的气氛时而充满了猜疑，时而充满了默契的阴谋。我越来越处于一场已发生很久的悲剧的中心。这个家是舞台，而我是戏中所需要的人物。我来到的时候，冲突已经完结，这出戏即将变成滑稽可笑的悲剧：血和笑交织在一起，暧昧、混乱、邪恶使感情丧失殆尽。我甚至怀疑肉墩子和领事间的公开亲属关系是否属实。他们大概只是舞台上的姐弟，是从一个古远的、被沉沦灵魂的呕吐物所玷污的黑夜中产生的影子。一切只不过是演戏，生活只是道具，只是具有民间色彩的氛围。肉墩子大概是职业骗子，领事是假扮瞎子的恶人，而我是理想的猎物，供他们在悬崖顶端封闭的小天地里进行假想的狩猎！……我太熟悉谎言和伪装了，我当然意识到我被卷入一件奇怪的，甚至也许是肮脏的事之中。我决定提高警惕、掌握必要的王牌，以准备体面地离去或突然地出走。必须对地点和人物进行调查。

在收拾领事的房间时，我开始仔细观察，并小心翼翼地搜查衣橱里的东西。我从未打开过衣橱。一边是叠得整整齐齐的衣服，另一边是一排抽屉，里面装了不少东西，最上层抽屉里有好几串钥匙，大部分锈迹斑斑，有旧钥匙、破钥匙，有上过好几次油如今蒙上黑黑灰尘的插销，还有各种形状、各种尺寸的钉子。

我轻轻关上抽屉，随便拉开另一个抽屉。那里有20来只表，都在走动，指的时间却各不相同。这是一个小小的时间工厂，但我不明白它的逻辑性。有些是金表，有些是银表。

在另一个抽屉里有各种各样的双片和单片眼镜。太阳镜、望远镜、没有镜片或只有一个镜片的眼镜。最里边有一包捆着的纸片，这些是眼科医生的处方、眼镜店的发票、改善视力的广告单。日期都是很早的。

我继续搜查，想弄清楚各个抽屉所收藏的东西之间的联系。我打开另一个抽屉，里面垫着绣花布，上面整齐地摆着好几把剃须刀，它们是开着的，刀片闪闪发光。一个小瓶里盛着发黄的液体，里面泡着一只羊眼。它看着我，仿佛是活的，仿佛在守卫剃须刀。我感到一阵恶心，便轻轻将抽屉关上。

我后来的发现使我浑身冰凉。在最下面的抽屉里，什么也没有。我正要关上它，突然发觉它比别的抽屉浅。我把它完全拉开，推开一个隔板，眼前便出现了一支擦得亮亮的，随时可以使用的手枪。它是空的。三个装满子弹的弹夹堆在旁边。

他为什么保存这个武器？他的收藏品使我困惑不解，但并不使我不安，而这支崭新的手枪使我害怕。这是为了谋杀还是为了自杀？我在床沿上坐下，想弄明白这些收藏品意味着什么。在我对面有一台打字机、一沓白纸、一个装着打好字的纸的文件夹。我起身轻轻打开文件夹，漫无目的地翻阅。这里面有日记，也有记事本、账目、贴上的纸片、乱七八糟的画。

在一页纸上，有这样一段用红笔划杠的感想："怎样超越死亡？有些人为此树立雕像。有的很美，有的却十分难看。我比那些看见雕像的睁眼人更熟悉雕像，因为我是凭着触觉。我抚摸它们，衡量它们的厚度和固定度。立雕像不是解决的办法。我要留给后代的既不是雕像也不是街名，而是一个举动，它将被某些人斥为荒唐，被另一些人尊为崇高，它在正统的穆斯林眼中是异端，在与死亡打交道、亵渎死者的人眼中是壮举。这个举动将使死亡措手不及，它抢在死神前头使它屈服，让它躺在一捆稻草上，然后由无邪的手，孩童的手点火，在这个举动所留下的难以忍受的光明中，手凝住不动了……"

这时我听见街上有脚步声，是领事回来了。我赶紧将东西还原，继续打扫。领事带回一大束花，递给我说：

"这是为你买的，我一枝一枝地亲自挑选出来的。我们这里的人很少送花。你有耐心，你住在这里，这都值得用鲜花装饰一番。"

他在安乐椅上坐下。我准备去烧热水给他洗脚，这时他说：

"你去哪里？我不愿意你再像佣人一样侍候我。你不要再拿水盆，不要再为我按摩脚，这些事结束了。你的价值远远高于这些。对我来说，你是我在思索中不可缺少的同伴。当我读写时，我喜欢你在我身边。我得承认，自从你来到这里，我又开始写作了。你知道，我并不是一个简单的人。我试图将失明变为王牌，我并不把它当作残疾，因此我有时不太公正。我做一些冒险的事。你大概在猜我写什么。有一天我会将某些片断给你看的。我的世界大部分是内心世界。我用我自己的创造来充实它，我不得不求助于我的暗室里的一切。如果我告诉你暗室里有什么，你会十分惊讶，甚至困惑不安的。这是我的秘密。谁也进不去，我姐姐也不例外。就连我自己有时也对我所知道的事感到害怕。我把来到我身边、并使我惊惶不安的物体从我的幕布上抹掉。我周围全是物体。有些物体受我控制，还有许多物体是无法控制的。例如你可以试试一把剃刀或一把剪刀，它们往前移动，遇见什么便割断什么，无法控制。因此，我对它们保持戒心。我承认我十分害怕锋利的东西，也许正因为如此，那天我才坚持要亲手宰鸡。我割破了手，那没关系。你想想要是我没有抓住剃刀，那么我的鼻子和五个手指都会被割掉的。好了，我别用自己的恐惧来吓唬你。太蠢了！我羡慕你，我要是你就好了。你既是观察者、见证人，有时还是演员。

你运气好,因为你参与我们的生活而没有义务了解、特别是承担我们的过去,所以我也不打听你的过去,一切只凭我的直觉和激情。好了,现在把花插到瓶里去吧。"

我向他道谢,然后走开,他正用手按摩前额想消除头痛。每当他头痛时,他便变得十分脆弱,什么都记不起来了,感到自己确是残疾人。我正在找地方摆花瓶时,他惊叫一声,胡乱地挥动手臂求救。我赶紧跑过去,剧烈的疼痛使他惊惶失措,何况他又找不到镇痛片,其实镇痛片就在他身后伸手可以摸到的地方。

"我疼得透不过气来,仿佛是大锤在击碎石块,每一锤都使我颤动……"

我给他几片镇痛剂和一杯水,将我的凉手放在他额上。最初他不愿意我在他身边,后来,我给他按摩,他便感觉好多了。

"继续按摩吧,这使我舒服。你的手在行善。我生下来就有头痛的毛病,这毛病时时在威胁我,它是我的主要残疾……"

我递给他咖啡,扶他上床,不是让他睡觉,而是让他在发病过后歇一歇。他拉着我的手不让我走。我没有抽回手,觉得让他握着是很自然的事。我感觉到他温暖的身体。我们就这样呆了大半个下午。当我听见钥匙在锁眼里转动时,我站起身来去开门。门上了保险锁。肉墩子显出惊讶的神情,问我为什么将自己锁在家里。我说:"出于偶然。"她不再问了。我告诉她他又犯了头痛病。她很担心。我叫她不要吵醒他。晚上她对我说:

"你还记得领事上一次怒气冲冲回来的情形吗?大概至少有一个月了吧……"

"也许还不止。不过这和他今天发病有什么关系呢?"

"有的,你说得对,你当然不明白。我认为禁欲和头痛有点关系。

当一个男人身上长期存着这股浊水时,它会上升到头部,引起疼痛,因为并不是头部需要它……你明白吗?"

"大概是这样吧,你是说,一个男人如果不定期排泄精液就会头痛,是吗?那么女人呢?她们不会有毛病?"

"有的,她们变得脾气暴躁,一点小事就大喊大叫。不过我已经习惯了,甚至也不再喊叫了。"

我轻声笑了起来。肉墩子做了一个微笑的姿态,接着放声大笑,并用手捂住嘴,想阻止自己。

十三 浊水湖

整整一夜，我与滋生着各种动植物的混浊的、深深的、黏糊糊的湖水在搏斗。这是一潭死水，但老鼠在里面来回奔跑愚弄受伤的猫而搅动了湖水，使它散发一种令人窒息的、浓稠的、难以形容的气味。

这里既有停滞不动的东西，也有活动的东西。我有机会看个清楚。我被关在一个玻璃笼里，有一只手随心所欲地将我放到湖底又将我提上来。我感到窒息，但我的喊声无法传到笼外。我认出法蒂玛的尸体，为了保全面子我曾和这位患癫痫的可怜的堂妹结婚，我爱她是因为她是一个大裂口，这里不涉及任何感情。她的面孔宁静安详，身体也完好无缺。她躺在湖底，仿佛是被人抛弃的旧东西。奇怪的是，老鼠不啃它。我看见她便大叫一声醒了过来，惊魂未定，浑身冷汗。

我做这种噩梦并非第一次，但每一次都出现过去的某一张面孔。绝对遗忘是不可能的。该怎样做才能不再自愧有罪，才能不再被老鼠和蜘蛛纠缠呢？

我想到关于浊水冲到头部的说法，笑了起来。无论如何，我应该付出代价，不是在这里就是在那里。这是理所当然的。为了加快遗忘过程，我便欣然接受命运的规律和安排。

就这样，我从沉重的噩梦中走出来，领事也摆脱了使他头疼欲裂的痛苦。我们两人都经历了同样的考验，我们意识到自己被噩运缠身的处境。这使我们解脱顾虑，既然迟早我们要被过去的幽灵攫住，此刻倒觉得自由一些。

这天早上，我的身体感到怠倦，我决定朝领事再靠近一步。他出

门去学校时,我对他说不要回来太晚,他很吃惊:

"你像是我的姐姐!我会早早回来的,叫你高兴。我不去咖啡店,也不去看我那位当剃须匠的朋友。"

我想陪他去找女人。肉墩子不会知道的。他给我领路。这个荒唐而大胆的念头使我高兴。我很好奇。我感到自己的身体变得轻巧,遥远,永远摆脱了那个夜晚的沉重的死水。这种欢快的感觉使我起了鸡皮疙瘩。我一面收拾房间,一面像疯子似的蹦着跳着,然后在盥洗室呆了很久,洗呀,喷香水呀,仿佛要去参加婚礼。

领事在将近5点钟时回来了。他带了一捆薄荷和点心。我对他说晚一点再烧茶,并且说肉墩子托我陪他去找女人。他愕然片刻,笨拙地咽下唾沫,然后喝下一瓶水,问我他姐姐是否真把这件事托付给我了。他不相信。

"这使我很别扭。这件事是姐姐和我之间的私事。她怎么会这样呢?"

他说话时,我注意他的脸,去妓院的念头使他容光焕发。

"你真愿意陪我去?你不感到别扭?"

"不,不会别扭。我很好奇。你给我机会去看看这种地方,我自己是不可能去的。陪你去是个好借口。"

"既然你这样想,那我就跟你去吧。"

沉默片刻以后,他又说:

"不,你跟我去。"

"我拉着你的胳膊,你告诉我怎么走。"

我生平第一次挽着男人的胳膊在街上走。表面看来我们是正常的一对。一男一女在街上走,有什么奇怪呢!如果有一只不怀好意的眼睛监视我们,知道我们去的是什么方向,它会对我们施魔法,诅咒我们直到世界末日。这只眼睛就在那里,在半掩的门背后。

一个女人在暗中瞧着。我从她身边经过时,仿佛中了一箭,一阵哆嗦。灾祸的电波传来了,我的身体将它作为信号和感知接收下来。我毫不在乎,继续前行。我们经过妓院门前,它一眼就能被看出来。领事叫我继续往前走,我跟着他。他带我走进一条阴暗的小巷,跨过一扇矮门,来到没有光亮的走廊。这一次我们是完全平等了,我们处在同样的黑暗之中。

"你别怕,有一级台阶。"

我抓紧他的胳膊,弄得他叫疼。我们走上阶梯,来到紧闭的门前。领事敲了两下,接着第三下。一个女人,鸨母,打开了门,对领事表示欢迎。

"您很久没来了?您现在换了一个新陪伴?"

"请给我们准备茶,不要太甜。"

她将我们引进一个肮脏简陋的房间,那里有一个盥洗池,不太干净,水管在漏水,顶里头有一个旧衣橱,散发出樟脑的气味。我在椅子上坐下来。领事舒舒服服地在床上躺下,从口袋里掏出一个塞满印度大麻烟末的烟斗,点着它,独自抽着。我们静静呆在那里等喝茶。我睁大眼睛仔细看。我有点不耐烦。一个不满十岁的小姑娘端来一个托盘,上面有茶壶和几只杯子,然后一言不发地走了。我们正在喝茶(太甜了),这时鸨母领着两位年龄在二十岁到二十五岁之间的女人走了进来。她们既不美也不丑,显然她们不愿意留下来伺候领事。鸨母请我给他描述一下:

"一位是棕色头发,额头和下巴上都刺有花纹。油光光的头发上包着鲜艳的头巾。乳房丰满,但稍稍下垂,腹部过大,臀部多肉,腿部多毛,她正在嚼口香糖。她在对你扮鬼脸。总之,她既不美也不丑,她干自己这一行,谈不上高兴或者愉快。另一位身材纤细,乳房很美,身段窈窕,但是臀部奇大无比。她的头发是黑色的,眼睛很明亮,没有嚼口香糖,但有一个毛病,时时在吐痰。由你挑选吧。"

鸨母刚刚才离开片刻,这时回来问道:

"您留下哪一位?"

领事躺在床上说:

"都不要。"

于是这三个女人都走了出去。领事对我伸出手来,手里有钱。

"我忘了给你钱付账了。"

这笔钱相当可观。我们又等了一会儿,进来一位漂亮的年轻女人,她惊恐不安,仿佛是被鸨母从门外推进来的。她傻傻地瞧着我们,不知面前这个男人和女人要她干什么。我发觉她在发抖,大概是新手吧。鸨母又进来了,显然对她的眼力很满意。她对我伸手,我便把钱给了她。她正要出去时,我开始描述这个年轻女人,她的头发几乎是金黄色,乳房丰满而富有弹性:

"她是瘦长个,棕色头发,乳房很小,身材窈窕,短头发,臀部匀称,厚嘴唇。她没有嚼口香糖。她要你。"

我做手势让鸨母和那位年轻女人出去,我等待领事的回答:

"你说她的乳房很小,臀部匀称?那好,我要她,我等她。"

我已经脱下长袍和裙衣。我轻轻走到床边解开领事的长裤。我没有关掉那盏昏暗的灯,便趴在他身上。一切都在寂静中进行。我抑住呻吟。不能让他看出我在冒名顶替,趁他假寐时,我赶紧穿上衣服。敲敲门。

"等一等,我穿衣服。"

他起身,慢条斯理的。我畏缩在角落里。我知道他心里明白,但我愿意使今天下午发生的事始终是疑团。一种同谋关系悄悄地、暗暗地将我们的身体连在一起。千万不能说话,千万不能用言语来讲这件事,它貌似谎言,其实是不能戳穿的真情。

这一夜,我一闭上眼便又看到浊水湖。笼子没有了。我自动潜下去又毫无困难地浮上来。四周的环境和头天一模一样。荒芜的公园,红色的草,光秃秃的树。在一株高大的无花果树的树枝上吊着一个秋千。它已损坏,像旧东西一样吊在那里。我不知不觉地摸摸额头,寻找伤疤,它藏在头发里。我和父亲一同来到这个公园。我打扮成男孩子,和秋千四周的小姑娘逗着玩。有一天,一个小姑娘的哥哥把我打倒在地。我满脸是血,哭了起来。那位哥哥比我大,他说了一句话便逃之夭夭。他说:"你要是女孩子,我会用别的办法教训你!"我父亲惊慌失措地跑过来,带我去医院。这件往事我曾忘得一干二净。伤疤是何时留下的,我也记不清了。

我的梦结束时,刮起一阵狂风,带着苔藓的沉重落叶被吹得漫天飞舞,那个众人皆知的秋千也被吹到别处,它再毫无用处了,它那凋敝的状态使我回忆起遥远的往事。

这天早上,我没有勇气也没有力量在领事眼前露面。我身上保留着他的气味和汗水。他来敲我的房门,端给我一杯他亲手做的橙汁,显得知己而体贴。我的脸发红,一阵热浪涌了上来,使我手足无措。他在床沿上坐下,掏出一条绣花手绢递给我。我们的手指相碰。我向他道谢。他一言不发。我内心深处突然意识到一个明显而自然的事实:我面前的这个男人具有特殊的功能,具有某种风采,而肉墩子对他的粗暴占有使他无法发挥出来。他敷衍应付这种占有只是为了避免引起轩然大波。

他不需要说话。他那不凝视任何东西的眼光使我慌乱。他有时表现出一种不安的温柔，某种来自纯动物性的东西。沉默的亲密气氛弥漫在这个习惯于孤独的房间中。我们听见过路人的声音，但我们不敢吭声。我轻轻将手挪近他的手，后来又抽回来。我害怕打碎某种脆弱的、我无以名之又无法忘怀的东西。我们仿佛自愿地自我关闭在地下墓室中，我们本人就是要保守的秘密。生活中有些激烈的时刻：单单某一个人在你身边就足够了，他（她）都不知道某种具有威力的、甚至是决定性的东西会产生。人们无法称呼它。只有激情，出于某些隐秘的原因，才泄露了它。人们因此感到充实而快活，仿佛孩子被欢乐带进了一个美妙的世界。至于我，我没想到有一天会达到这种境界：身体和感情飘了起来，载着我奔向空气纯净的山顶。从高山吹下的风拂过我的思想。一切清彻透明。我得到宁静，而这大概是我从未有过的。

领事站起身来。我很想留住他，让他继续呆在我身边，摸摸他，用嘴唇亲他的后颈，躺在他怀中。我不敢动，惟恐葬送一切。他默默地走出房间。在相对无言的这段时间里，我什么也没有想。我不愿意去想肉墩子会有什么反应，也不愿意去想家里会有什么样的新气氛。此刻还嫌太早。

肉墩子在睡觉。领事已经出门了。我不知道上午干什么，我在室内转圈，决定不出房门。

十四　妓院的喜剧

我们演了一段时间妓院的喜剧，主要是为了那安静隐秘的场面布景，而不是为了防止肉墩子起疑心。不到几天，她在家中的作用和地位大为降低。她没有反击，但是我确信她不会甘心完全被赶下舞台的。这个期间她工作很忙。除了管浴室以外，她还给人介绍婚姻。

一天晚上，她回来很晚，说话的口气仿佛我曾托她帮忙，托她打听什么事似的：

"成了！我找到对你合适的了。"

"什么事？"

"嗨，别装傻了，这是你朝思暮想的事，你夜里都睡不着。"

"让我睡不着的事可多了……"

"对，不过这件事可是让你痒痒，像一只毛毛虫在你皮下爬，你又抓不住它，没法痛痛快快地搔一阵。它叫你发痒……"

我当然明白她指的是什么，但是我想刺激她的庸俗趣味，使她失去冷静。何况领事没有想到姐姐会是一个几乎体面扫地的媒婆。我坚持说不知她何所指。

"好吧，既然你不把我放在眼里，那我就揭穿你的把戏了。我给你找了一个男人，是位鳏夫，但个子魁梧，和女人睡觉的本领呱呱叫。他想找一位孤女，无亲无故，孤苦伶仃的女人……这正符合你的情况，对吧？"

领事一直听着我们对话，毫无反应。

"我不要结婚。我根本没请你这样做。"

"不错,你没有请我。可是在这个家里,谁该结婚,谁不该结婚,都由我说了算。"

她提高嗓门,突然变得盛气凌人,不可一世的样子。弟弟的脸绷了起来。她扑到我身上,粗暴地将我拖到厨房,将我锁在里面。她大发雷霆,并且煽动领事反对我。我确实害怕,因为她知道我的某些往事,肯定有人告诉了她。她压低嗓子和弟弟说话。我将耳朵贴在门上,总算听见了这番话:

"这是一个篡夺者,是谎言,是危险。她骗了我们。我有证据。她比你想象的可厉害得多。这个女人在过去骗了所有的人,大概还害死了她的父母。她母亲是得疯病死的,她的父亲没得病就死了。我们收留在家的是一个杀人犯,一个窃贼。你知道吗,她是将全部遗产抢劫一空后逃跑的?无论如何,你得相信我,弟弟,我的生命,我眼中的光明……"

"够了!我不信你的话。你嫉妒,你真疯了。你编造这一套是想让我陷于孤独和奴役之中。办不到!"

领事想回到房间里闭门不出,推开她,她却声嘶力竭地叫着:

"这女人是个男人!我有证明,有照片,有文件。她欺骗我们……"

领事神经质地大笑起来。肉墩子还在叫,接着我听见她在哀求:

"不,弟弟,可别这样,你真叫我害怕,别拿剃须刀,你会弄伤自己,真的,求求你……不,这不是真的……都是我编造的。你知道我多么爱你,多么痛苦。我收回刚才说的话。"

"那你打开厨房门……"

"这就开。"

我看见领事将剃须刀放在喉咙上威胁姐姐,他怒不可遏,神色凛然。我拉起他的手，领他到他的房间。他在发抖，全身大汗。我从他手上拿下剃须刀，挨着他坐下来。

"我的眼睛是干的，"他说，"可是我内心在痛哭。我哭是因为姐姐疯了。我哭是因为可能失去你。我将无法忍受你的离去。我不知道你的名字。从第一天起，我就管你叫'客人'，我本可以给你一个名字，不过，名字和关系都毫无意义。你来到这个疯人院，给我带来了活力、感情、温暖和恩惠。"

肉墩子又出去了，我趁这次争吵的机会向领事讲述和坦白了全部真情。我讲述我的经历，从生下来直到逃跑，我的飘泊，遭人强奸，以及和肉墩子的相遇。我讲述我的悔恨、忧愁，以及他那含蓄而温柔的友情重新给予我的希望。我说我知道迟早有一天他们会找到我，会惩罚我。我平静地等待这一天，但是我离不开他。

我的经历使他微笑。在他看来，这是我为了度过生命中头二十年而编造的童话，这是孩童想象的故事——孩子感到无聊，便愿意做介于严肃和玩笑之间的游戏。

"笑是很重要的，它可以推倒恐惧、偏狭、狂热之墙。"他又说。肉墩子的大发雷霆仍然使我们心有余悸。

当他认为处境令人窒息又难以摆脱时，他擅长于超脱。

"我不需要闭上眼睛。我呆在这里，而我的精神却在那上面，在房间里或凉台上。当一切都不顺利时，我爱笑，因为没有任何事物是真正明亮的，没有任何事物是绝对阴暗的。可以说万物皆复杂，真实更近似树影，而不是近似洒下阴影的树木。如果你给我讲的确有其事，那么你一定曾经以此取乐，当然对你的父母和周围的人就不能这样说了。如此巧妙地脚踏两只船，这是运气。我那天跟你说过，失明并非残疾。当然，它是残疾，但是你要是会玩弄它，它就不再是残疾了。玩弄并非欺骗，而是揭示阴暗所具有的功效。这就和智慧一样，我记不得是谁曾给它下过定义，说智慧就是对世界的不理解。我不免想起神秘主义的诗人，他们认为表相只是真理的最邪恶的面具。既然你的身体曾是假面具，那我应该明白光明只是一个骗局。在两个人的关系中，有什么是清楚明亮、确定无疑的呢？我认为你生活中似乎有过一时的疏忽，它延续了一段时间，你对它产生了兴趣和爱好，于是你开始假扮起来，以混淆视听，鱼目混珠。"

沉默片刻后，他寻找我的手。我无心靠近他，还在想他刚才说的话，"一时的疏忽"，这便是我的生活，我那虚幻的生活。我相信，如果我在女扮男装时遇见这个人，我会爱上他，或者仇恨他，因为他立刻会识破我的假面具。我修饰表相，但本质完好未变，而这个看不见的男人正是用其他一切感官来代替眼睛的，不可能骗过他。人们骗不了瞎子。你可以给他讲各种故事，他相信的是声音，而不是你的话语。

即使他假装不相信我讲的故事，他的微笑也说明他料想到某些事。他握住我的手，将它举到唇边，亲吻它，轻轻咬了一下。我低低叫了一声。他神色迷惘地对我说：

"我们的罪孽，这侵蚀和毁坏心灵的东西，每次使心灵丧失一点纯洁性的东西，便是'我们不甘寂寞。'可是又有什么办法呢？我们如此脆弱……也许你和我，由于我们奇异的命运，我们学会了如何超越这种脆弱。总之，当你走进这座房子，我立刻就感觉到这一点。我们的力量在于我们不欠任何人任何东西。我们可以在任何时候离开这个世界，毫无惋惜，不动声色。我一生都在使自己习惯于这种自愿离开人世的想法。我的死亡附在我身上，插在扣眼上。其他一切只是骚动，以免辜负时间。不能让时间对我们感到厌烦。所以，我们做蠢事，做和我们的智慧很不相配的事。我说'我们'，因为我们都一样，一个秘密盟约将我们连在一起。"

我又想到领事威胁说肉墩子不开门他就割断喉管的场面,禁不住问他当时是否当真。他说不知道,而且,归根到底,认真只不过是游戏的一种尖锐形式罢了。他大概是真心实意的。他告诉我姐姐常常使他害怕,他毫不留情地对她描绘一番:

"她有点疯疯癫癫,因为她很不幸。她曾经十分勇敢,那时我们突然间失去了一切,父母、家,连个栖身之处都没有。我们四周是断墙残壁。城市在颤抖,滑向通红的天边。她对这个时期始终怀着一种内心的狂怒,什么也未能使它缓解或平息,因此她变得乖戾。她可以很凶恶,不公正。她可以表面看来无缘无故地毁坏一切。只有比她更强烈的暴力才能使她收敛。所以我才变得狂暴,不是针对她,是针对我自己。我触到了她内心的最痛处。她知道我的威胁是认真算数的。我最责怪她的是她缺少宽厚的胸怀,太容易产生仇恨和坏心眼。我自知是她的囚徒。我很痛苦,希望有一天能得到解脱。你明白吧,我终于挣脱了失明所造成的羁绊,却未能挣脱姐姐对我的感情羁绊!"

他说话的时候,我靠在他身上,偎在他怀中,感觉到他温暖的身体。

我们第一次在家里做爱,然后静静地躺着。我又想到肉墩子的威胁和诡计。她是会制造不幸的:毁灭我们,或者至少除掉我。这天早上她嘴角喷着唾沫大声吼叫。这是仇恨的外部标记。她的眼睛不再发红,而是发黄。她像一头不甘心单独死去的受伤的动物一样狂怒。她大概掌握有关我过去的某些迹象或情况。即使关于这段生活我无可自责,我也不愿意有一天和那一出骗人的把戏对质。在埋葬父亲时,我特意将那个时期所用过的一切都埋入土中。它们不可能成为见证。当然我还有叔叔、姐姐、表兄和邻居。我出逃时没留下任何痕迹,我逃到国土的另一端才停下来。机遇使我没有飘泊很久。命运指引我来到土耳其浴室。是林中的被奸污促使我朝这里走来。我知道,最开始我只能和古怪的人生活在一起。我很高兴的是,爱上我身体的第一个男人是瞎子。他的指头上有眼睛,他的温柔细腻的抚摸织成我的图像。我的胜利,就在这里。这得归功于领事,而他的神力主要通过触觉表现出来。他使我的每个感官从麻木或桎梏中苏醒过来。当我们做爱时,他长时间地用手凝视我全身,不但唤醒我的欲望,而且使它达到罕见的强度,然后又得到美妙的满足。一切都在寂静和柔和的光线中进行。他坚持要有光亮。有时他笨手笨脚,激动起来,便叫我再开一盏灯或点一支蜡烛。他说:"我需要光亮才能看清你的身体,闻到它的芬香,好让我的嘴唇顺着你身体的和谐线条挪动。"他和女人交往的经验大概是很有限的。他像动手创作以前的艺术家一样努力做到全神贯注。他把自己比作雕刻家。"为了熟悉你的身体,使它不再反抗,我必须细细地,耐心地雕刻它。"他说。

我在少年时代曾竭尽全力排斥情欲。我身陷罗网,但从那种处境中也获益匪浅。我不再去想情欲。我与此无缘。我只满足于狂乱的梦,它充满了青年男子的身躯和粗俗的宴会。我往往由自己来安抚自己,并引以为耻。如今这一切都已遥远。我不愿再去想它。奇迹以领事的面孔和眼睛的形式出现。领事将我塑造成有血有肉的雕像,情欲的对象和主体。我不再是随风飘散的、身份不明的沙土之躯。我感到各个器官都固化了,变得坚实了。我不再是从前那个虚无缥缈的身躯,我的整个生命曾经仅仅是副假面具,仅仅是幻象,以欺骗那无耻的社会(它建立在失去全部灵性的、被歪曲的宗教的伪善和神话之上),仅仅是父亲惟恐在旁人面前丢脸而设下的骗局。遗忘、飘泊、爱情所酿成的神恩，才使我得到新生，生活下去。可惜的是，这种幸福、充实、在盲人的纯洁目光中的自我发现，为时不会长久，我知道这一点。我有预感。这个短暂但强烈的幸福即将突然中断。即使我痛苦，我也接受命运的敲击。我不是宿命论者，但我再没有力量来反抗了。

十五 凶 杀

一切发生得很快。肉墩子有一个多星期没露面。领事认为她忙于为人作媒。我却深信她出门去寻找什么了。动身以前，她打发浴室一位女仆来告诉我们她最近很忙，叫我们不必担心。

一天清晨她突然归来。我正在领事怀中熟睡。她推开门，抓住我的头发将我从床上拖起来。领事突然惊醒，不知所措，以为在做噩梦。她喷着唾沫星子吼道：

"来，你这母狗、强盗、婊子，你来看看楼下是谁。你害死多少人，还拐走遗产……"

她一边踢我，一边推我。我尽力抓住家具不肯走。领事穿上衣服。她用力推我下楼。我跌了下去，发现站在我面前的是我的叔叔，法蒂玛的父亲，也就是父亲叫我多加防范的吝啬鬼。他的狂暴是不露声色的，它表现为面色苍白——这决非好兆头。我知道他这人凶狠可怕，他女儿正是因为他心肠歹毒才得了癫痫病，受到遗弃。我父亲管他叫"我那满身怨恨的兄弟"。正是他嘲笑我母亲生不了儿子。他冷冷地、厚颜无耻地嘲笑她。他那垂在鼻尖的鼻涕是毒药。我一直恨他。我比他厉害。因为我从不让他接近我，不让他和我有任何接触。我知道他怀着无边的仇恨。我假装和法蒂玛结婚，是为了帮她摆脱家庭，因为当她发病抽搐时没有任何人过问。这位叔叔一生都在嫉妒我父亲，一生都在害人。他的爱好就是给别人设陷阱，进行要挟，借他们的软弱或不幸趁火打劫。这是一个卑鄙无耻之徒！我一看见他，就明白我已身陷罗网。他一声不吭，正在品尝他的胜利。我可以否认一切,不承认他,但是黏糊糊的浊水湖的形象攫住了我,使我感到一阵恶心,失去了冷静。我们四目相视。在他的目光里满含仇恨和报复的欲望。而在我的目光里却含有怜悯和尽快了结的强烈愿望。我叫他等一等,我上楼拿东西跟他走。我来到领事的房里,他吓呆了,不知所措,毫无反应。我一直走到下层抽屉前,将手枪装上子弹,不慌不忙地下了楼。当我来到离叔叔一米远时,我将所有的子弹都射进了他的腹部。

霎那间,我明白这段故事已经结束了。我该结束它,以凶杀作为终曲。人在开枪时,一般来说什么也不想。而我呢,我却淹没在种种形象和思想中。这些波浪推着我,我知道是法蒂玛,是我父亲和我母亲,还有所有曾经遭受这个恶人之害的人,是他们在指挥我的手。

我看到这个身体倒在地上,流出发绿发黄的血,感到一阵轻松。肉墩子两手抓着脸嚎叫。领事一言不发,仿佛心不在焉。我感到冷,往肩头披上一条围巾,静等事态发展。我盯着地面,什么也不再听见。我已经离远了。我在草地上跑,后面有一群孩子追着我扔石头。我正处在幸福的年龄,不到一岁。我不再有失落的感觉。我在几个月中所体验的热情足以维持我到生命的末日。

我被审判,判处十五年徒刑,我不要律师。法庭给我指定一位律师。这是位年轻女人,她对伊斯兰国家里妇女的地位作了慷慨激昂的辩诉。肉墩子和领事也出庭作证。我记不清肉墩子说了些什么,至于领事,即使此事使他痛苦,他也毫无流露。他发表了准备好的声明:

"处心积虑使他人丢脸者不可能得到我们的尊重。给人人带来羞辱者不齿于人类。当某人具有神恩和崇高心灵时,他也可能行为残酷,也就是说成为伸张正义者。你们此刻审判的女人正是这种特殊的人物——他们战胜了仇恨所引起的一切耻辱。她迎着最大的痛苦走去,而这是出于她崇高的心灵。我与这个女人之间有盟约,这是我们的秘密。这是我们的爱情。在这个场合人们是很少谈到爱情的,但我要告诉你们:我和她之间的爱情使我远离黑暗。因此,我将等待她。"

十六 在黑暗中

我很快就适应了牢房生活,囚禁对我来说并不是惩罚。我再次身陷囹圄,感到我那女扮男装的生活多么像一座监狱。既然我只能扮演一个角色,我便被剥夺了自由。我一旦越过界限便大祸临头。当时我并未意识到我是多么痛苦。我的命运改变了方向,我的本能受到了践踏,身体被扭曲,性欲被窒息,希望化为泡影。我哪里有选择的权利呢?

监狱是人们伴装生活的地方,它是一片空无,具有空无的颜色,缺乏光明的漫长白昼的颜色。它是一条被单,一块窄窄的裹尸布,一张被生命抛弃的、烧毁的面孔。

我的囚室很窄小,这使我很高兴。我说过它仿佛是坟墓的先兆。监狱仿佛在为死亡作准备。我对潮湿的墙壁无动于衷,为我的身体终于有了一块与它相适应的领土而感到高兴。我和其他女囚极少来往,放风时我也不走出囚室。我索取纸和笔。我想写。我感到字词从四方涌来,大量的、成群结队的。它们敲击着我那冰冷的监狱的外墙。字词、气味、形象、声音,它们在我囚室周围转来转去。最初我毫不在意,我在学习等待。我不愿意估计时间,为此,我堵住了从墙壁高处射下来的微弱光线。既然这整片领土浸没在既深又长的如墨的黑夜之中,又何必虚构白昼和阳光呢?我要求黑暗,而且终于得到了它。我宁可生活在单一色彩的空间,使自己习惯于这块平地,这条我来回踱步的直线。我逐渐进入了盲人生活的世界,他们失去了视力正如我失去了自由。我整日闭着眼睛,最初确实不太习惯。为了保险起见,我将眼睛蒙住。我这样做不仅是因为这个鬼地方没有任何东西值得一看，还因为这样可以使我更接近领事。我试图进入他的黑暗之中，盼望在那里与他相遇、接触、谈话。

每星期五下午，他很早便来探监。这些每周例行的探访是我生活中的大事。最初有几个傻瓜笑着挖苦说："那位瞎子是来看她的，是的，是来看她……"我对这些嘲讽向来置若罔闻。头几次我还没有蒙上眼睛，我们相互看着，默默无言。整个探视期间，我们手拉着手，一言不发。他给我带来书籍和纸笔。既然我蒙上眼睛，我便无法写字，但写的愿望却越来越迫切。晚上七点钟到九点钟，每间囚室都有灯，我决定在这两个小时里解开蒙布写点什么。我胡写乱画。我有那么多事要写下来，却不知从哪里下笔，于是我又戴上蒙布，将头埋在枕头里。我眼前又是一片黑暗，这使我得到宽慰，因为这种方式使我与领事相通。他不知道这件事，我也不愿意让他知道。爱情使我模仿他所处的逆境，这是与他相通的唯一办法。当你心甘情愿地接受失明时，它使你对你自己以及你和他人的关系产生了十分敏锐而清醒的观察力。既然我无从下笔，我便利用这两小时的灯光来阅读。我情不自禁地将自己的经历加在我读到的故事人物身上。毫无例外的，我一一蒙上他们的眼睛，或者使他们因犯蓄意杀人罪而锒铛入狱。我的阅读从来不是被动的。我有时甚至将人物从这个故事搬到那个故事中去。我以此为乐，也可稍稍有所行动。这一切在我脑中交错在一起，并且占据了我的黑夜。梦境、噩梦、白幕浑然不分，与我纠缠不休。渐渐的，我自己也成为这骚动不安、荒诞不经的黑夜中的人物，以至我往往急于入睡，好体验那些不凡的经历。

我陷进残酷的爱情故事之中，我既是热恋音乐老师的弟子萨素克，又是这个女人申金，她被一壶开水迎头浇下而失明。我既是男人又是女人,时而是宽恕和爱情的天使,时而又是无情的复仇的风暴。我既是音符又是乐器,既有情欲又有痛苦。我被卷入许多故事之中,我愉快地将它们掺杂在一起,好奇地等待下一夜我将扮演什么。

当然,我阅读《一千零一夜》,一小段一小段地读,常常从这一夜跳到另一夜,臆想我所引起的混乱会导致什么后果。

我的夜晚是丰富的。我往往不写什么,而是用阅读来充实夜晚。我已将白昼完全抹掉,它被捆在同一口袋里,沉入黑暗之中。我下决心不睁眼看监狱,或者至少尽量少睁眼。这是我的权利,我当然寸步不让,尽管女看守有时不以为然。第一年在这固定的节奏中过去了:白天是黑暗——七点钟到九点钟,睁开眼睛阅读或写——然后再次是黑暗,外加黑夜及其伴随物——星期五领事来看我。这一切仿佛成了规律。

那个星期五,一大早我就预感到他不会来了。我很难过,心情极为恶劣。我知道。知道什么,我也说不清。反正我知道。

五点钟时,看守递给我一封信。信是拆开的。我扯下蒙眼布。囚室很暗,我无法读信,便爬上床,将我挂在窗口的黑布摘掉,这样才有了一丝光线。我开始看信。我的腿在颤抖,两眼难以完全睁开。我等了片刻。

朋友:

星期三上午姐姐因脑溢血去世。当天我便独自将她埋了。事情来得突然,但这样更好。家里的生活实在难以忍受,我们整天吵架。我很痛苦,她也痛苦。她的习惯、饮食、鼾声、气味、声音,我都再无法容忍。我厌恶她的存在。我失去耐心,常常狠狠地反唇相讥。我发觉,一个人长期以来心情极不痛快就会变得十分粗暴。我的粗暴最开始只限于体力，但是，由于一再争吵，这种粗暴进入我内心，我开始仇恨这个可怜的女人。她这一生遭受一连串的挫折，她有过隐秘的抱负、贪欲，她不顾一切地将我隔离起来，使我为她一人活着。她想把我喂得饱饱的，吞食我。我并不糊涂。我是有戒心的。在发生那场悲剧及你入狱以后，她常说自己有罪，但谈到你时，总是又加上一句：'无论如何，一个将生活建立在谎言上的人是决不会对你说真话的。'我随她说去，不予回答。她哭着说想寻死。我默默地盼她死。她的嫉妒将我们毁了。她将一切都葬送了。家中再没有任何生气。

正是她托人到你家乡打听你的来历。她说她想揭下你的假面具。她终于找到你那位利用鞋店放高利贷的、形迹可疑的叔叔。你知道，他的死使许多人大为高兴。人们都鄙视他。他做了许多偷偷摸摸、不光明正大的生意。我说这些话是为了告诉你你的行动是合法的。我思念你。我闭着的双眼充满了对你的思念，我渴望重新见到你。我必须处理姐姐的死所带来的问题。我要重新安排生活。我并不害怕孤独。我不知道什么时候能把一切安排妥当。我需要个人管家，给自己点炉子。邻居的孩子，一位年轻人，暂时和我作伴。他给我朗读，并且自称是我的弟子，真好笑。他的父母每天给我送三顿饭，真是好人。他们的孩子在我那所学校上学。从前天起就不断有人来看我，主要不是为了慰问，而是想帮帮我。姐姐在世时没有人爱她。我看这是最可悲的事了。在孤独中死去，而且不被任何人怀念，这是多么悲惨，叫人难以忍受。我知道恶人往往在可怕的孤独中了结一生。姐姐没有来得及体验这种痛苦，但是她一直因为不被人爱而感到痛苦。我是她在世上唯一的亲人。偶尔我也爱她，答应她的种种要求，而她执意要包揽一切，连我的梳洗也要管。我不是把她当作姐姐来爱，而是当作乞丐——她付出一切以换取一点点温暖。这就是怜悯。我也许过分严厉，因为是她使我活了下来。可是，难道应该和迫使你生存的人厮混一辈子！如今她已安睡，沉入一种既无声音又无形象的、超越一切黑夜的睡眠之中，还是不要用无情的评论去惊醒她吧。

充溢我心中的痛苦日日夜夜对我诉说的，不是她，而是你。我的思想扎根在黄昏的树林中——目前你是那里的囚徒。我的心好比是盖满枝叶的石椅，它放在路旁供人歇脚休息。机遇或风儿会将你带回到这里。我等待你。再见。

他常常用"再见"来代替"回头见"或"下星期五见"。肉墩子的死使我深有感触。我再次想到她的不幸，她那令人憎恶的躯体，以及给她的面孔打上烙印的种种失败挫折，我努力想弄明白：既然没有任何东西迫使她作恶，她为什么非作恶不可呢？她想让所有的人为她那丑陋的躯体付出代价，而这种丑陋很快便和她心灵的忧伤混同起来了。有些人是从仇恨中汲取生活的力量的。你常常会看见他们在傍晚时分徘徊在老鼠出没并排泄全部毒质的死水湖边。据说他们排泄不幸是为了求得灵魂的纯净，其实不然，他们载着负电荷，必须将它消耗在他人身上，否则他们本人就会瘫痪，就会死亡。肉墩子的死是理所当然的，她是图谋害人的恶念的牺牲品。在她挑起了那场悲剧以后，她惊惶不安，无所适从，找不到任何地方、任何人来发泄她的全部积恨。

我又戴上蒙眼布寻找黑夜。我要做的只是等待宁静的时刻——只有爱情会来干扰它。我的整个身心渴望宁静，渴望那种节奏放慢的状态，它使我感到平静和惬意的疲乏。我只渴望睡眠，它充满了各种人物，他们一直生活在我身上，仿佛我成了他们的库房、炉膛和地下室。白天他们紧紧贴在壁上，而一当我闭上眼，他们便从四面八方跑来，甚至责备我久未露面。我笑着，继续和他们玩在别的时期开始的游戏。遗憾的是，在这个充满激动、笑语和狂热的世界中，竟没有领事的一丝踪迹。必须找到暗门，将他领进来，让他也参加这些节目。诚然，梦中也有一位盲人，是安达卢西亚公园的看门人，不是领事。他有一根棍子，不让孩子们进入公园，有时甚至打他们。他很凶狠，并不是因为他是盲人，而是因为他是看门人，是穷人。

十七　信

　　我戴着黑色蒙眼布，一点一点地走进盲人的世界。我重新学习日常生活的动作，在囚室中这些动作减至极少。只有在读写梳洗的时候，我才摘下蒙眼布。我所制造的黑暗层一天天地增厚。它帮助我脱离我的躯体，使躯体完好地独立于我，而对我所爱的男人的最后爱抚保留着炽热的回忆。时间在自我废除。这一次我未作任何矫饰。我使自己适应，我学会控制孤独和等待。我大概是所有女囚犯中唯一从不抱怨孤独的人。至于等待，我从不和任何人谈到它。我迫使囚室周围的人对我保持沉默，甚至将我遗忘。我给她们钱以求得安静。我尤其不愿意解释我的举动及内心的孤独。监禁产生了一个奇怪现象：我那女扮男装的过去不再萦绕着我，它被遗忘了。叔叔的死便是我与过去的清算（至少我是这样想的）。此外，我并不认为我进监牢是为了赎罪，我几乎是自愿坐牢的，为了等待去遥远大陆的领事归来。等待，学会在黑暗中生活，我觉得必须这样才配得上这个爱情。我就这样适应新的生活，并培养我的耐心。

　　领事的探视越来越少。他宁可写信，几乎在每封信里都说他见我陷于被囚禁的屈从处境是多么痛苦。我花了很长时间写了封信去解除这个误会，花了更长的时间来考虑给不给他这封信。我不能想象他将无法亲自读这封信，而得由第三者代读。我希望能在接待室里亲自读给他听，但是有人在偷听。我多么盼望会用盲文写信。我曾向监狱当局请求过，但无回音。他们一定不把这当回事。要是在今天，我可以使用小录音机，然而在当时，录音带还没有问世呢。我一再修改这第一封情书。

朋友：

我借助卑微的词句向你表达那摇曳不定的回忆的影子，表达我们的诗篇在我心中留下的思念。好几个月以来，也许一个世纪以来，我伸着双臂朝你走去，就好比传说中的雕像伸臂走向大海。我不是尾随你，而是从相反的方向迎着你走来，好让我们迎面相遇，沉浸在同样的光明之中。我往前走，同时感到在我脚下，我的一部分已经在泥土里扎了根。我在四周制造了厚厚一层黑暗，它成为我的避难所。它掩护我，保护我，有时让我头戴狮鬃，有时让我扬帆出航躲避光明。你和我，我们属于同一梦境，就好比其他人属于同一地区，但永远不能说属于同一家族。你的声音仿佛是晨歌的回音，它关注我，伴我前行。这个声音是赤裸裸的，没有字眼，没有词句，仅仅给人以声音的温暖。在我们所在的这个地方，春夏秋冬的更迭与我们无关，它们在远方，在山那边相互交替。至于我们的友谊——你叫作爱情——我从不为它祈祷。它是语言所无法表达的。它是栽在我的意识和心灵中的阔叶植物，它使我不致腐烂，不致放弃等待。有时我很忧愁，一种愚蠢和深重的忧愁像死灭的星辰一样包着我，于是我呆着不动。我等待这些使我们分离的时刻流逝。你在远去，你转过脸去，这我知道，但无能为力。一想到你我便充满激情，它是我的食粮。我在行进的这段时间是一片沙漠，沙砾时而冰冷，时而滚烫。我穿着厚厚的毛袜和流浪者的鞋。我爱惜我的脚，因为道路是漫长的。我知道时间好比是一条变幻无常的深河。我沿着它前行，它是方向，会把我带领到我们下次相会的地方。

朋友，希望你看到这封信时身体健康。你知道，我在这里所需要的只是和你见面。从我的等待到你的归来，这中间隔着蓝色的大海。亲吻你的手。

这封信我发出了，料想他总能找到一个谨慎和靠得住的人为他代读。我的身体感到寒冷。我吃了一片面包和几个橄榄，然后蜷缩在房角里。我疲惫不堪，仿佛完全丧失了自我意识，这一夜我睡得很熟，没有梦见我读过的故事中的人物。

十八　灰与血

正当我认为摆脱了过去，并将那些面孔遗忘时，我的五位姐姐——其他有一位身患重病，或者可能已经死去，另一位侨居国外——突然一同来到我这里。这件事与其说是滑稽，不如说是怪诞（今天我无法告诉你这是幻想、噩梦、幻觉，还是事实，我对细节记得十分精确，但地点和时间却说不清楚。）

她们都是同样的装束，白色衬衣、领带、黑色长袍，头上戴着风帽，一撮用黑铅笔画成的小胡子，一副墨镜。她们一一来到我面前，每人都带着一只塑料袋。一切似乎经过精心排练，完全一致。最大的姐姐先走近我，用鼓出的眼睛瞪着我，将口袋放到桌上，命令我打开，里面是只死老鼠。我惊叫，但是发不出声音来。她的另一只手拿着一把剃刀，已经打开，随时可以割破脸孔或喉咙。我紧贴在冰冷的墙上，只有忍受酷刑。

第二位将口袋放在我面前，她右手拿着一把屠刀，示意我打开口袋。里面有一个小盒，盒里有一只等着螫人的、红棕色的活蝎子。

另一位向我晃晃手中的剪刀，并递给我口袋。口袋是空的。我刚刚打开，她便突然将我的头按在墙上，动手剪头发。她用膝盖顶住我的腹部。我感到疼痛。其他人一面笑一面说："这是给你的教训，你这个骗子，你这个强盗，你抢走了我们的一切……坏蛋，你毁了我们……"

第四位——身材矮小，也许算矮人——扑到我身上，咬我的颈部。鲜血流了出来。我奋力挣扎。其他人拖住我。矮人将血装进一个小瓶，放进塑料袋中。"有了这个和头发就行了。"她说。

最后一位——看上去最年轻——将口袋放到我两腿中间，带着歉然的神色走近我，拥抱我并耳语说："我可是爱你的。我不愿意她们伤害你，何况我两手空空。我没有恶意。"她对我额头猛然一击，便笑着跑开了。这一击十分猛烈，我差一点晕了过去，我突然感到两腿中间有什么东西在蠕动。最后这一位心肠最狠毒。她漫不经心地将口袋留在我脚前，袋里竟装着一条毒蛇！我爬上桌子叫了起来。等我明白我在什么地方时，她们都已经消失。地上有几绺头发、几滴血和几小把灰。

我惊骇不已，泪如雨下。厄运降临到我身边，好比是猛禽的翅膀擦过它的猎物。这件事我确实经历过。但是，在何时何处，我不知道。莫非是在监狱中，或是在父亲临终前？总之，我经历过它，那些框着黑边的模糊形象一再地骚扰我。它们象征着死亡、遭掠夺的寡妇、复仇。

这也许是我遭受惩罚前后的恶梦。

一天，我正沉浸在黑暗中寻找领事的身影，一位强健有力、面貌丑陋的女看守走了进来要我出去。她扯下我的蒙眼布，强迫我跟她走。

"有人来看你，不过不是你等的人。"

她没有带我去接待室，而是叫我下地窖——多半是审讯用刑的地方。她让我走进一个灰暗潮湿的房间，那里只有一张桌子，一条凳子和一盏灯。

我独自在这间房里呆了几分钟，这里甚至连小小的进气孔都没有，墙上涂着一层又一层的深灰色油漆来遮掩血迹。门开了，像在舞台上一样，有五个女人鱼贯而入。她们的装束完全一样，灰色长袍，眉毛以上是包住头发的白头巾，戴着手套，苍白的脸上没有施任何脂粉。她们一个比一个丑，使人感到不舒服。我明白我面前的这些人是谁：狂热而粗暴的穆斯林姐妹。她们围着我转。我睁大眼睛，认出这是我的几位姐姐。女看守待在那里。她显然受了贿赂而与她们同谋，为她们保密。她们来找我是有明确的目的，要加害于我，或者毁坏我的面容，或者仅仅是威胁我、吓唬我。大姐的一番话很快便说明了这一小群疯女人的来意：

"我们好比是手上的五指，我们一致要来结束这种篡夺和盗窃的局面。你从来不曾是我们的弟弟，也将永远不是我们的妹妹。我们当着阿訇，当着德高望重的见证人与你断绝了家庭关系。现在你听我说，你欺骗了我们，你假装是一座光宗耀祖、使家人引以自豪的雕像、纪念碑，实际上你只是瘦巴巴的身体上的一个窟窿罢了。你和我，和其他六位前姐姐毫无区别，只不过你用蜡把它堵上了，欺骗我们，侮辱我们。你和父亲一样，百般鄙视我们，你那样高傲，不可一世。啊！当时真想把你这个小家伙好好教训一顿……甚至干脆把你宰了。不过，真主对一切自有安排。真主使离经叛道的人从烧红的铁板上爬回到他身边。现在一切应该恢复正常。你逃脱不了，你要偿还。毫不留情。毫不拖延。我们的父亲失去了理智，我们那可怜的母亲落进了沉默的深井中，于是你便趁人之危，带上全部财富逃之夭夭，而我们一贫如洗，一无所有，那座老房子已经破烂不堪，到处都生了霉，根本无法立足。你把家里的东西抢劫一空，带走了全部遗产。你今天坐牢是罪有应得。你让我们倾家荡产，你得赔偿。记住，你不过是两条干瘦大腿中间的窟窿罢了。我们要把你这个窟窿完全堵上。我们要给你施行一个小小的割礼，这回不是假的，不是割指头，这回是真的，割下那个伸出来的小玩意，然后用针线将窟窿缝死。这回要帮你解决你的秘密生殖器了。你的生活会更简单。你再也不会有性欲。再也没有欢乐。你将成为物品、蔬菜,直到死都流涎不止。你现在可以开始祈祷了。你要喊叫也可以,不过谁也听不见。你的背叛使我们更坚信我们所挚爱的宗教中的美德。正义成为我们的激情。真理成为我们的理想和萦念。伊斯兰教是我们的指南。我们将应属于生活的东西归还给生活。何况我们是怀着爱,在家庭的小范围内这样做的。现在,以仁慈、宽大、公正、至高无上的真主的名义,打开小箱子……"

在她说话期间,两个女人将我反手捆在冰凉的桌子上。她们撕破我的长裤,将我的两腿朝上竖起来。女看守是此处的常客,她向她们指着天花板上的两个吊钩,并且给她们绳子。我的双腿劈开,被绳子从两边扯着。大姐将一团湿布堵住我的嘴,用戴着手套的手按着我的下腹,手指紧紧压着阴唇,直到将她所称作的"小玩意"挤出来,她往上面洒了一点药,从一个金属盒里取出剃刀片,在酒精里蘸蘸,割下我的阴蒂。我内心在惨叫,我昏了过去。

剧痛使我在半夜醒来。我躺在囚室里,我的长裤血迹斑斑。我的生殖器被缝上了。我捶门呼救。没有人来。我等到天明,哀求一位女看守带我去医务处。我给她钱。护士——也许和施刑的看守是一伙的——给了我药膏,但是要我在一张纸上签名,承认我是自伤。这是用药膏换签名。我明白所有的人都被我姐姐收买了。药膏减轻了我的痛苦。

在一个多月内,我神志恍惚、精神错乱,不知身在何处,我发狂,整夜说胡话,全身发烫,处在深渊的边缘。领事来看过我两次,但我没和他谈,既无颜面又无勇气,更没有力量讲述我这段遭遇。然而我一心想着复仇。我脑中考虑着几种方案,但是后来,羞愧和对家庭的憎恶使我想到我的处境多么可悲，我身心俱毁、茫然失措。

在领事第二次探监以后，我写了张便条，托一位对我不错的女犯人转交给他。便条上只有这几句话：

> 我失去了你的踪迹。我在黑暗中再看不见你。难受。难受。身体受到创伤。你是我唯一的光明。谢谢。

十九 被遗忘的人

我带着被伤害的、遭劫难的身体继续在黑夜中漫游，但这是为了逃避痛苦，而不是为了新的相聚。在一个极大的厂棚里悬吊着瘦骨嶙峋的身体，我在它们中间穿行。他们吊在那里，皮贴着骨头，一丝不挂，全身透明。这些萎缩干瘪的躯体堆在厂棚中。我看见顶里边有一扇门，便向前走去。那里甚至还有一个用几种语言标明出口的指路牌，还有绿色箭头。我按箭头的方向走，但永远到不了出口。我注定要在这被冷漠的寂静和恐惧的气味所笼罩的房子里徘徊。我不知道恐惧也会发出气味。一阵轻微的穿堂风吹过整个厂棚，但是那些躯体几乎没有晃动。有时骨头相撞，发出响板的声音，回音显得异常。我听见身后有声音说：

"你过来，我的时间不多，只够向你揭示生命的奥秘，死亡的面目……你别害怕。他们以为我死了。我受了伤，但我已经见到生命结束以后的景色。你受伤了？反正我再没有什么可害怕的了。你必须知道，人们必须知道……等等，别走……"

我转过身，看见一个脸色灰白、双膝满是血污的男人。这不是鬼魂，是个奄奄一息的人。他挣扎着要把秘密告诉我。我走近他。

"你眼前的这些人从前是穷人、乞丐、流浪汉、病人。这里是牲口集市的大棚。有一天，一位要人，一位外宾要来这座城市走一走，于是上面下令在全城清扫一番。我们是肮脏的、不受欢迎的形象，必须抹掉它，将这些居民赶走，使他们消失，至少在外宾访问期间暂时销声匿迹。命令被付诸实行。逮捕接着逮捕。他们把我们堆放在这里，然后就把我们忘了。完完全全地，我们被遗忘了。我们之间相互殴斗。我是最后的幸存者，我不能不死，因为我的见证太可怕了。你将我的话转告别人，将你在这里所见到的讲给所有的人听。这不是噩梦。我们不是鬼魂。我们是变成渣滓的、永远被遗忘的人。没有任何人来找我们。你是走进这厂棚的第一个人……"

我大概在这个地方迷了路，剧烈的痛苦将我带到了这里。我是醒着的，那是幻象。然而的确有这件事，它发生在冬天。城里的人至今还谈起它。一天人们打开集市准备布置展览会时，才发现这么多尸体。恐惧的力量大于痛苦。恐惧与厌恶。我摸摸我的身体。皮肉骨头都受到损伤。我长久地憋住，不敢小便。我知道这会很疼。我的小腹肿胀起来，小便时，我屏住气，满身大汗。那位垂死者的声音进入我身上，汇入我的声音之中，成为我自己的声音。我再也听不见他说话，但是我内心在说话，在不断重复他告诉我的秘密。奇怪的是，这种占有减轻了我的痛苦。

就这样，我在高烧、痛苦和恐惧中度过了两夜。

使我伤残，这是姐姐们对我的报复。可是她们怎么会有这种野蛮残酷的主意呢？我后来知道，我所遭受的酷刑其实盛行于黑非洲、埃及和苏丹的某些地区。它的效果是使情窦初开的少女不再有任何性欲和欢乐。我也得知，无论是在伊斯兰教还是其他宗教中，这种性质的残害是被禁止的。

栖息在我身上的那位垂死者的声音变得清楚明确了：

"女看守是很久以前从苏丹来的奴隶……她是个巫婆，精通各种酷刑……"

肯定是她出的主意，让我终身伤残，永远被生活抛弃。

我的热度持续不退，这是由于伤口感染。狂热在我的血管中流动，使我的头脑十分混乱。我的幻觉越来越阴森可怕。我的声音也变了。我仿佛被死神附身。为了得到解脱，我必须将我在厂棚所见到的讲出来。我寻求听者，但既无看守又无护士。我蹒跚地去医务室，跌倒在走廊里，这时碰巧有一位医生从那里经过。我失去部分知觉。医生暴跳如雷，大声喊着，责骂所有的人都是残忍的蛮族。某位主管人拿出我承认自伤的证明给他看。他的愤怒有增无减，立即让我住院。他为我感染的伤口进行治疗，几天以后给我施麻药，拆去我阴唇上的缝线。我将事情的经过告诉他，他简直无法相信。他想报案，可是片刻以后，他举举手臂，表示无可奈何。

"这里的人都被收买了。没有人会相信你的话。警察是不会怀疑看守人员的。何况你还签了字。可这究竟为了什么？你怎样得罪了这些女人？"

他叫我不必为健康状况担心，并且答应留我在医院尽量多住些时。

"这里总比牢房好！"他说。

尽管得到治疗，我仍然感到疼痛。我确信，只要我没有把在厂棚中所看见的——看见的或者想象的——事讲出来，我会继续痛苦下去。那位奄奄一息的人的形象和话语成为我精神和肉体上的沉重负担。每一个字好比是针状的尖细的晶体，刺戳我身上的痛处。

我问医生，他下班以后能否接见我片刻，他略显迟疑，接着便答应了。我告诉他我的幻觉是很荒诞古怪的，即使它们是莫须有的事，仍然在我身上产生影响。

"我不是疯子，"我对他说，"但是我生活在一个没有多少逻辑的世界里。请相信我，我只要求您听我说。"

于是我将夜间漫游详情讲给他听。他似乎并不吃惊。他点着头，

仿佛这件事毫无古怪之处。我讲完以后,他站起来说:

"这件事也许并非你的真正经历,但它实有其事。警察把乞丐关了起来,然后便忘得一干二净。报纸上只字未提。可是在我们这里,谣言往往是可靠的消息来源。谁都知道这件事,但是谁也没有去核实。因此这成了一件大事。我奇怪的是,你的痛苦和这件事有什么关系……"

"大概是剧痛给了我洞察力,几乎是通灵能力吧。"

这次谈话后,我感觉得好多了。这期间我不想领事,我并未忘记他,但我不愿让他参与这些流血和死亡的事。他不知道我住院了,每次来探监时,别人都对他说我不愿意见面。他猜到大概出了点什么事,以为我生了病,心情沮丧,以为我不敢让他看见我那死气沉沉的、没有一丝欢乐的脸。他一直是这样想的,因为在他看来,有些东西可以让人看,有些东西则不可以让人看。他来医院的头一句话便是:

"你现在可以让我看你的脸吗?"

他哪里猜得到我刚刚承受的血腥的考验。

看我的脸,这是他的第一个动作。他在床沿上坐下,双手轻轻抚摸我的前额、脸颊、鼻子、嘴和下巴。

"你流了不少泪,你瘦了!你不要糟蹋自己,这可不好。"

医生把他拉到一边,告诉他我住院的原因。他对这事一言不发,拉住我的手,握得紧紧的。他走了以后,我摸摸脸,发现有一层汗毛。我没有心思打扮。我的脸很难看,我有许多天没有梳洗了。当晚我把自己关进浴室,好好将外表修饰一番。

领事常常来看我,带来鲜花、水果和香水。他从不空手来,也从不和我谈起那件事。我很欣赏他这种分寸,但同时又担心。这沉默意味着什么？是表示他与我分担痛苦、同情我，还是表示他感到别扭，而这种别扭将渐渐在我们中间划出一条鸿沟？对这个问题，我难以启齿。他每次来，问问我的睡眠如何，然后就谈些别的事。他间或也和医生谈一谈，然而不当着我的面。我后来得知，他念念不忘的一个问题是我能不能生孩子。他为此很苦恼，但不露声色。其实我也在想这件事。以前我根本没有想到怀孕、生育、教育孩子。我不仅没有想到怀孩子，连总有一天要当母亲的念头都没有来得及考虑。我和领事只有少数几次做爱，而我当时根本没想到怀孕。这说明这一切对我是多么新鲜，而我一直还把自己的身体当作沙袋。一切都是朦胧暧昧，我仿佛是一个塞满稻草的假人，它没有吓走乌鸦，反而吸引乌鸦，有的乌鸦仅仅在我肩上筑巢，有一些却竟然在我脸上啄洞假充眼睛。我失去了生活在世上的感觉。我在解体，仿佛在化为废墟，同时又在无止境地重建自我。一切往事像暴风骤雨一样袭击我的头脑。一切都混杂交错在一起。我寻找办法缓和痛苦，不仅仅是像毒药一样在我血液中流动的痛苦，还有领事每次来访以后我所感到的痛苦。他每次来，往往一句话也不说。他的心境像千斤重担一样沉重。他神色沮丧。痛苦占据了他。我越来越不知所措、惶惶不安，陷入混乱和噩梦般的幻象之中。我又孑然一身，在未施麻醉药的情况下独自面对命运的最后打击。它带来的不幸、忧愁和残暴决不是任何恻隐之心所能理解的。我决定回到牢房。我四周都是白色，它太刺激我的眼睛，这种半自由状态只会增加我的惶惑。我不得不祈求医生让我回囚室去。

我正在收拾东西准备走时，领事突然走了进来。他的愁容比往日稍稍舒展一些。他带来了一盒薄荷，对我说：

"做茶喝吧，像以前一样。"

我强烈地感到，确定无疑，我们中间有什么东西已经彻底破裂了。我说不出为什么。但我感觉得到,我并不惊奇。

我们没有喝茶。我告诉他我要回牢房。他什么也没有说,然而他来是为了和我谈谈的。他在椅子上坐下,我坐在床沿上。在长长的沉默以后,我看见他脸红了。

"请你别动。"

"可我没动呀!"

"我知道,你没动,不过你脑子里的思想在来往走动……我听见它们的相撞声。"

接着,他用镇静的声音说:

"今天我的两只手没有勇气看你的脸。它们很累,感到自己无用和有罪。我知道它们拒绝那样做。我感到内疚,因为我从来配不上你的热情和勇气。我命中注定永远不会有热情。从童年起,我就完全处于悲剧之中,上天或者生命迫使我必须坚持,不能折断生命之线,而要使自己更坚实,不是成为一个特殊人,而是成为一个正常人。我很难向你说清楚我那许多想法和看法。肉墩子的死,我接受得了,但是你的离去和入狱,我接受不了。从那时起,我便不停地为我的思想和疲乏的身体寻找一个避难所、歇息处。我试图让黄泉之下沉默不语的母亲开口。听听她的声音……哪怕仅仅一次……听她祝福我,甚至诅咒我……听听她的声音!我知道我应该远离一切,去沙漠,去最南部,在黑暗中旅行。目前我在写作,我得承认是你的思想在指挥我的笔。我写出来的东西使我吃惊,并且支配了我。你怎么会有这种闯入生活、高傲地——我是说勇敢地——搅乱生活的力量呢?从前,当我为自己写作时,我在夜里进行。而现在,你那充满思想的声音清晨到达我这里,这些思想越过黑夜与拂晓一同来到。我的作用只是将它们整理一下写成文字。我很少介入。你的故事是可怕的。其实我不知道这究竟是你的故事，还是我们都无法理解的星辰方位的故事，例如银河的光束所产生的故事，因为这里涉及的是月亮、命运和天空的撕裂。你本人就是附在我身上的奥秘。我只有在这段故事的结尾才能得到解脱。但是在我旅途的终点我会找到什么呢？你这样的人是不会将故事关住的，你让它敞开着，使它成为永无止境的神话。你的故事好比是一连串的门，通向空白境界和蜿蜒曲折的迷宫，有时出现的是草场，有时一所老屋的废墟，里面埋着死去多年的住户。这大概就是你的出生地，天意使它成为被抛弃和遗忘的、该受诅咒的地方。啊，朋友！自从你跟随你的声音，自从它将我带往被绸缎裹着的、血迹斑斑的黑夜，我便置身于奇异之中。我知道自己并非在幻象……我几乎具有了你的通灵天赋。怎么对你说呢，我必须通过一道窄门才能抓住你。我听见你的声音，我的手在寻找你。但我知道你很遥远，在另一个大陆，满月时你离月亮更近，离我的目光更远。我看见你时而是男人，时而是女人，永葆童稚的天之骄子，无论是友谊或爱情都束缚不住你。你是无法抓住的，你是黑暗的产物，是我痛苦黑夜中的影子。我有时情不自禁地喊道：'你是谁？'自从悲剧发生以后，我有时感到我被你的家族所施加的、由邪恶的手所织成的魔法圈住了。我想告诉你，甚至恳求你，不要改变你的本性，继续你的路程吧，因为，无论是监狱还是别人的眼泪都无法阻挡你。我等了你很久。你像迷途的动物一样，以奇异的魅力闯进我的生活。和你在一起，我的心成了我的住所。你走以后，我便不再生活在那里。我的孤独变得赤身露体，它失去了你的照顾和保护。只有你的声音给我的身体以活力，于是我写作。虽然我惊恐不安，但我仍然将你讲述的事写成文字。我是来向你告别，求你宽恕的。我们的故事已经难以维持了。我将去别处，以别的方式将它继续下去……我要走了，在我去的地方，失明将再次使我完全残废，你的到来并未能使我逃脱这悲惨的命运。最后我要告诉你，我的手教我认识了你的美，我像孩童发现大海一样无比激动。我将保护这双手，用细绢将它们包着，因为它们保留着你的美的印迹，好比保守秘密一般。我这样说是因为我也明白，这种激动是绝无仅有的。我闭上眼睛、合上手将它锁住，我保留它，直到永远。再见了，朋友！"

二十　我的故事，我的囚室

领事的自白使我茫然失措，然而有一点却是不容置疑的：使我成为虚无缥缈的沙土之躯的故事将伴我一生。它将是我的全部生活，占据全部地盘。我后来的一切经历只是它这种形式或那种形式的延续，只是它直接或伪装的表现形式罢了。

我的故事就是我的囚室。我由于杀人而被囚于灰暗牢房中，这只是件次要的事。不论我去何处，我把囚室像甲壳一样背在背上。我住在囚室里，只好渐渐地习惯它。这种孤独也许可以帮助我——割断多舛的命运在我周围织成的网。我仿佛是一只存放在贴上封条的狭小棚屋里的紧闭的箱子。我处于来自久远的、令人窒息的麻木之中，它来自遥远的时期，以至我感到我的年龄受到几个世纪的渗透和考验。

领事在告辞以前，留给我一张折成四折的纸。我打开它，上面是一幅画，或者说是路程图。一支箭头笨拙地指着南方，另一支箭头指向北方。中间是一株棕榈树，旁边还有波涛，形状恰似展翅的小鸟。纸的另一面有这几行字：

只有友谊是心灵的无保留的赠与，只有友谊是绝对的光明，一片光明，肉体在其中几乎难以被觉察。友谊是天恩，它是我的信仰，我们的领域。只有友谊能使你的肉体重新得到它那备受磨难的心灵。遵照你的心灵，遵照你血液中的激情行事吧。永别了，朋友！

从这以后，我不再戴蒙眼布，不再在黑暗中漫游。一个念头开始缠绕我：上天或爱将给予我耀眼的光明，这强烈的光将使我的肉体变得透明，将它洗濯一新，使它重新获得惊奇感所带来的幸福，恢复体验新生事物所不可少的天真。这个念头激励着我。我全神贯注地思考它，领事的形象渐渐消失，变得模糊不清，难以把握。我失去了他的踪迹。我知道他在跋涉，也许在一个岛上，甚至也许入了土。

我觉得监狱的生活很正常。自由的愿望被我遗忘，监禁不再使我感到压抑。我感到自己再无羁绊。女人们来看我，替别人请我代写书信。我很高兴能帮忙，能效劳。人们给我一张小书桌，还有纸和笔。我成了知心密友和参谋。我得到的唯一好处是内心满足，是有所寄托，以远离我自己的监狱。我的黑夜越来越像是大搬家，那些暧昧的、常常面目可憎的房客——迁走。我生活中所积累的众多人物都必须离开。我毫不犹豫地将他们赶走。我一闭上眼，便看见他们像幽灵一样在浓雾中走下火车。他们情绪恶劣，有些人在抗议，另一些人威胁说要回来报复。他们对这突然的逐客令感到惊奇。我注意到他们都是睡眼惺忪、茫然失措、一瘸一拐地蹒跚地走着。甚至还有一位双腿残缺者，他走得飞快，超过落后者时便用拳头打他们。离开这副化为废墟的骨架，他们应该高兴吧。我的黑夜越来越像一个废弃不用的火车站台。人物从我的黑夜里掉落下来，消失在黑夜之中。我听见他们的脚步声逐渐远去，接着便是寂静，有时有跌撞声。

白天，我忙于代写书信的工作。晚上我清理脑子。因为这些人物走后留下一大堆破烂东西，它们滞留在我的记忆中，使我无法安宁。

我花了不少时间来清扫我的脑子。花了好几个月。在我失去的形象中也有领事。然而我并未见他下车。我所知道的只是他不再在我身上。只有我们两人的身体互相拥抱的情景间或在记忆中再现，并且新鲜而生动。人们可以忘记一张面孔，但无法从记忆中完全抹掉炽热的激情、温存的动作、温柔的声音。

我的积极使监狱当局正式任命我为"代笔人兼秘书"。我还得替监狱长起草信件，因为他只会写某种类型的信。我虽然是囚犯，但作为监狱的公职人员，也穿起了制服：灰上衣，灰裤子，蓝衬衫，黑领带，海蓝色的帽子和黑鞋。

这身打扮最初使我很别扭，但是没有办法。这是照顾，其实更像命令。工作，尤其是穿着制服的工作，帮助我远离我自己。领事的形象不断消退，最后成为火焰中央的一个闪烁不定的点。我的回忆在减退，我逐渐失去它，就好像别人失去头发一样。我的脑袋闪亮，再没有任何回忆挂在上面。

早晨我穿上制服，照照镜子。我微笑。我又穿着男人的服装，但这不是假扮男人，这是制服。女人穿上男人的服装，好显得严厉和威风。我不指挥任何人，但是女犯们把我看作她们的上司，向我致敬。这着实可笑。有些人甚至称我"先生"，也许并非有意。我不加纠正，听任这种疑惑继续存在，但我问心无愧。我没有欺骗任何人。我留意自己的面孔，多施脂粉，我比以前爱漂亮了。在监狱里，人们继续不顾一切玩弄假相。可是我已经没有心思这样做了。

我的处境逐渐改善，我得到某些特权。我既不完全是囚犯，也不完全是公职人员。某些人羡慕我，某些人害怕我。我来往于这两个阵营之间，仿佛处于两种语言中。

信件不多的时候，我将对外界仍感兴趣的犯人集合起来，给她们朗读几天以前的报纸，她们可以自愿参加。战争、政变等震撼世界的大事引不起她们的关心。她们需要的是社会新闻，高喊："血和爱情！"情杀是她们最爱听的。读报会变成了我讲故事的故事会。我一面讲一面编造。情节总是一成不变:以流血告终的无法实现的爱情。我高兴地创造和想象人物与情景,有时我离题太远,于是听众群起而哄之,她们对我的感叹丝毫不感兴趣,要求我言归正传。有人起哄时,我便不再往下讲。我讲故事的才能很快便枯竭了。我讲的总是同样的故事:两个人偷偷地相爱,不顾一切危险,然后发生了悲剧,事情败露,惩罚和复仇。

有些女人单独来看我,向我讲述她们的遭遇。她们大大虚构一番,以为她们的生活是一部小说,她们的命运好比是被埋没的女主人公的遭遇。在监狱中,她们只能靠话语来度日,因此胡说八道,臆造曲折离奇的故事。我耐心地听她们讲。我的生活经验不多,因此从这些故事中学到不少东西:关于社会习俗、男人的平庸心灵的伟大与软弱。我意识到,在童年和青年时代,我受到多么精心的保护,不知风暴、寒冷、饥饿为何物,就好比被父亲藏在玻璃罩下,既无灰尘又无人敢碰。我呼吸困难,因为我戴着一个钢面具,被锁在家庭之中。而家庭又被关在疾病、恐惧、疯狂之中。我那女扮男装的生活不仅仅是罪孽,而且是悖逆,是谬误。如果我像别的姑娘一样生活,我的命运也许会动荡不定,但决不会如此可悲,如此被羞愧、盗窃、谎言所玷污。

我处于四堵灰墙之中,只能一再重复这些想法。我的目光中再没有和谐。它随意注视什么,完全漠然。有时我感到自己毫无用处,于是产生了深深的恼怒。我仍然站在埋葬父亲的那个该诅咒的地方。我变成一个作恶的幽灵。我把父亲挖出来,加以践踏。我疯了。当我考虑自由时。我感到不适,全身大汗。

随着时间的流逝,在琐碎习惯的影响下,现实在我身上已经不再产生反应了。我的愤怒消失,我的感情成为白色——导向虚无及慢性死亡的白色。我的激情融化在一泓死水中，我的肉体停止了运动，它不再变化。它衰弱了，不再动弹，也不再有任何感觉。既不是丰满和贪婪的女性躯体，又不是平静而强健的男性躯体，我介于这两者之间，也就是说我在地狱。

二十一 地 狱

　　她们走了很久。默默地走着。从日出时就上路。人们远远望见她们。她们一小队一小队地走着。她们来自远方，有的从北方来，有的从东方来。来到这个沙丘、进入这个光明之源的神奇国度的愿望使她们脸上不露出饿渴与疲乏。她们的嘴唇被热风吹得龟裂，有些人淌着鼻血，但她们接受了这一切困难，既不厌倦又不后悔。她们在沙中行走，与起伏的沙丘浑然一体，她们的身影仿佛是旗帜，向最后的沙丘致敬，将寒冷而干燥的晨风遗忘。她们到达时，日光变得柔和朦胧，太阳远逝，光线回到天空，黑夜即将开始。她们要在这个时刻到达，必须这样，这个时刻的长度是含糊不清的。我在孤独中想象永恒将从这里开始。一切行进都要在这光线中完成，并融合在其中。沙漠有自己的规律，天恩有自己的奥秘。

　　这些跋涉的人是不提问题的。她们知道必须在由白昼转入黑夜的时光到达。这是一个条件，否则她们对圣女的祈求不会被接受。

　　我是圣女，我冷酷无情。我时而是雕像，时而是木乃伊，高高在上。我失去了记忆力，不知自己来自何方。我的血液一定是白色。我的眼睛随着阳光改变颜色。

　　她们大都很年轻。她们由母亲或婶子陪着，不敢正视太阳，低垂的目光盯着沙砾，裹在粗大毛袜里的脚默默地在沙子上留下深深的印迹。

　　她们听说过沙漠圣女，她是光明之女，她的手有神力，能够阻止无法补救之事，防止灾祸，甚至将不孕之症永远从年轻女人的身上驱走。她们在试过一切办法以后来到这里。我是她们的最后希望。

一切都必须在寂静中进行。这个地方的寂静具有干冷的颜色,近似蓝色。它笼罩一切,如同射进石缝之间的光线。她们的头脑中只有一个唯一的、无时不在的、遥远的回声——婴儿的哭声。

我坐在宝座上,戴着白手套,蒙着面纱。女人们鱼贯而入,低着头,跪着从我面前过去。她们离我有半米远。她们亲吻我的手并掀开她们的袍子。我轻轻抚摸她们平滑的腹部,并碰一下她们的阴阜。

我摘下手套,将热力传给她们,这个热力原则上应使她们多育。有时我的手指在她们的小腹处用力耕耘,仿佛这是一片柔软潮湿的土地。女人们很高兴,有些人拉住我的手,使它从腹部向下滑向阴道。她们认为仅仅抚摸是不够的,为了更保险,她们迫使我的手指使劲搓揉她们的皮肤,一直到出血。我是不知疲倦的。女人们整夜川流不息。戒律——此处的戒律以及无所不在但看不见的主人的戒律——规定她们在拂晓、在初露的第一线晨光中起程。面对这些被领到我面前的十分年轻的女人,我茫然失措。她们有的年纪太轻,我不敢碰她们,只能将手指放在山榄油的碗里蘸一蘸,然后轻轻碰碰她们的嘴唇。有些人舔舔我的手指,有些人扭过头去,大概不喜欢这强烈的山榄油味。她们的母亲往往在她们后颈上敲一下,迫使她们用脸去沾我手上的油。

地狱,我后来见到了它。那是一个明亮的夜晚。一切都显得奇异:声音变大了,物体在动,面孔变了形,而我,我晕头转向,极度疲惫。

我像往常一样坐着,伸出手履行礼仪。我机械地做着动作。一切都显得错乱、虚假、不道德、古怪可笑。突然,隐士墓中一片寂静。女人们排成队,等待从我手中得到生育的秘方。

地狱在我身上，它使我产生了混乱、幻觉和痴狂。

我不知道自己在干什么。一个赤裸的腹部伸了过来，它长满了汗毛。我的手往下抚摸。我赶紧缩回手，瞧着那张试图躲藏的面孔。他低声对我说：

"你离开我们很久了。为什么这样突然地离开我们？你仅仅留下你的影子。我无法入眠，四处寻找你。现在你投降吧！还给我活力和生命，还给我做男人的勇气。你的威力无边，这地方的人都知道。你离开了很久。将手放在我的腹部，用指甲将它撕碎，切莫犹豫。如果痛苦是命中注定的，我宁可在你手中痛苦。你美丽，但无法接近。你为什么远离生活，为什么栖息在死亡的阴影里？……"

他用长袍上的风帽盖住了头。我会发现什么呢，我感到害怕。也许这声音对我并不陌生。我不必揭去他的风帽，他自动这样做了。他的面孔变幻着颜色和形状。许多形象相互堆积起来，组成画像，时而是我父亲，时而是被我杀死的叔叔。在这些陈旧的肖像之上，突然出现了领事，他睁开了眼睛，它们炯炯发光、充满笑意，这是一双明亮的，甚至是蓝色的眼睛。男人不再和我说话了。他瞧着我，凝视我。我只得垂下眼睛。我弯下腰，亲吻他的手。我无意说话。我感到身上升起一股热气，这是他整个身体的热气，是他那敞开的目光、重见光明的眼睛所散发的热气。这股热气使我的眉毛和睫毛先后一点点脱落，然后又使我前额的皮肤片片脱落。

我感到腹部疼痛，接着便感到空虚，一种持续的空虚攫住了我。我光着头。我的两肩被烧伤，两手动弹不得，我在外人所不知的情况下承受时间及其厄运，仿佛我和这男人被关在一只玻璃笼里。我是一个衰弱不堪的人，在石砖路上踽踽独行，随时都可能跌倒。我明白我正在摆脱我自己，明白这一场戏正是要我抛弃遭践踏的身体。我体内全是破布，如今暴露于强光之下，这光线很美，但我丧失了力量和感情，我的内心在燃烧，我被抛到空虚的旋风之中。我四周一片白色。我迟疑地对自己说："那么这就是死亡了！赤着脚在冰凉的石头上跋涉，而我们周围是一层雾气或一层白云。这倒不坏……可是出路在哪里？结局在哪里？我将永远暴露在这烧炙我并且不给我影子的光亮之下吗？那么，这不是死亡，这是地狱！"

一个陌生的但清亮的声音对我说："有一天——不是有一夜，因为夜是在另一面——有一天，你将生出一只猛禽，它将站在你肩上替你指路。有一天，太阳将斜下来，离你更近。你将没有办法逃避它。它将不伤害你的身体，却将体内的一切焚烧干净。有一天，山将裂开，将你载走。如果你是男人，它将留住你，如果你是女人，它将送你星形首饰，派你去无边爱情的国度……有一天……有一天……"

声音消失。这也许是我自己的声音，但被他人据为己有。他们一定夺去我的声音，让它在云间荡漾。于是，声音独立存在，自己叙述自己。我一个字也说不出。我失去了声音，然而我听见它在远方，它越过其他山冈，从别处传来。我的声音是自由的，而我，我仍是囚徒。

我的失眠之夜充满了这些在沙中艰难行走的白衣妇女的形象。她们有一天会到达那个只存在于我的狂想中的地点吗？即使有一只吉祥的手奇迹般地将她们领到圣女墓前，她们遇到的会是冒名顶替的诈骗。如今我知道这一点，但无法告诉她们。即使讲了，她们也不会相信我。我只是罪人，我在服刑，而我用这些图像来解闷！也许如此！然而，痛苦，在头脑和心灵中制造空白的痛苦，这种痛苦既无法描述，也无法指给人看，它在内部，它被封闭，它存在于无形之中。

我不需要这些由灼热高烧所组成的新幻象来打破沉重的命运之

门。我要出狱了,我有预感,但我不愿意带着这么多与我纠缠不清的形象离开监狱。怎样摆脱它们呢?怎样将它们封存在囚室的灰墙上呢?

我重新戴上蒙眼黑布,脱去衣服躺在地上。我赤身露体。水泥地冰凉。我的身体温暖着它。

我冷得发抖。我发过誓要抗住寒冷,必须经过这番考验才能从形象中得到解脱。必须告诉我的身体和感官我关在什么地方,告诉它们:依靠变成噩梦的幻想来逃避监狱是虚幻的。

虽说我的灵魂伤痕累累,我的身体却不再撒谎。尽管潮湿和寒冷侵蚀我的肌肤,我仍然睡着了。这是长长的、美美的一夜,没有任何形象来干扰它。早上醒来我咳嗽,但我感到好多了。

二十二 圣　人

走出监狱时——我得到减刑——我哭了。我很高兴，因为我眼中噙满眼泪，这是很久以来没有过的事。我流的是快乐的眼泪，它表明我的身体得到了新生，它又重新有感觉，有激情。我哭，是因为我离开了我终于找到一个席位的世界。我哭，是因为没有人在等我。我是自由的，我是孤独的。我想到领事，但我知道他离开了这座城市，去了很远的地方，也许他已摆脱我们的故事。

我急切地想看大海，去闻闻它的芬香，看看它的颜色，摸摸它的泡沫。我坐上南去的长途汽车。车走了整整一夜。人们抽烟，喝柠檬水，他们并不妨碍我。我呆在那里，睁着眼，等待大海的出现。清晨，我首先看见地面上升起薄雾。仿佛是地面上一条巨大的被单——被单或者雪野。我辨认出几只小船和帆船。它们几乎悬在半空，至少在雾层之上。空气的深处是柔和的白色。物体似乎存在于无邪之中，由于某种魔法而显得亲近无害，它们的轮廓模糊不清，大概是因为我的视力调节不当。梦想多半是从这被蓝光穿射的白蒙蒙的气层中摄取形象的吧。

这是秋天。我穿着一件男人的长袍，绒毛厚而粗糙。一条漂亮而鲜艳的头巾包住了我的头发。我涂了口红和眼线，在小镜子里照照。我的脸又逐渐恢复了生气。它从内部被照亮。我感到快乐和轻松。我身上那件卡车司机的长褂子使我显得滑稽古怪。睡眼惺忪的旅客们有时不安地看看我。我向他们微笑。他们低下眼睛。在我们这里，男人是经不起被女人看的，但是他们喜欢看女人，打量女人，不过总是斜眼偷看。

在这座城里，长途汽车站的对面是大海，只要翻过矮墙就到了沙滩。我沿着寂静无人的海滩慢慢走，在雾中前行。我只能看出几米远的地方。我回头看，仿佛自己被浓雾团团围住，被白纱蒙住，与世界隔绝。我独自一人，我被封闭在一种发生巨大事变以前的幸福的孤独之中。我脱下拖鞋。沙子是湿的。我感到从远方吹来徐徐清风，它托着我向前，我任它托着，像树叶一样轻轻飘起。突然，一种强烈的、几乎无法承受的光自天而降。它来得如此突然，我仿佛看见一个悬在半空的球——光的泉源。它驱走了雾气。我好似赤身露体，再没有任何东西蒙着我，保护我。在我正前方，在奇迹般缩短的地平线尽头，有一座白白的房子。它在山岩之上。我攀登岩石，到达山顶。在我前面是大海。在我后面是沙滩。房子是敞开的。门已经没有了。只有一间房，很宽敞。没有家具，地上铺着旧席。挂着的油灯只能发出昏暗的光。在一个角落里有几个男子。有些人在睡觉，有些人在默默祈祷。在另一边是妇女和儿童。只有一位老妇人在祈祷。我走过去端详她。她看不见我。她在全神贯注地祈祷。我在她身边坐下，也假装祈祷。我做错了手势，引起她的注意。她酷似肉墩子。她没有肉墩子那么肥胖，但是手势和坐下的姿势却一模一样。我中断祈祷，开始不安地瞧着她。她的手指正在拨念珠，嘴唇几乎纹丝不动。我们两人的目光相遇，过了一会儿，她向我弯下身来，一面拨着念珠，一面对我说：

"你终于来了！"

这确实是她！肉墩子！她的声音没有改变。她的脸上添了几道皱纹，但是变得更平静，更富人情味。

我退缩片刻，然后不假思索地说：

"是的,我来了!"

我处在某种魔力之下。我正想说点什么,她抓住我的手臂说:

"低声点,免得吵醒圣人。"

在我思想中,一切都变得清楚明了。我明白在生与死之间,只隔着薄薄一层雾或一层黑暗,我明白谎言在真实和表相之间穿梭结线,因为时间只不过是我们的焦虑所产生的幻觉。

圣人在众人之后起床。他从底门中走出来。他一身白衣,披着面纱,戴着墨镜。男人和女人们赶紧上前,毕恭毕敬地亲吻他的手。有时一个男人在他身边停留稍久,凑到他耳边大概讲什么秘密。圣人点点头,然后宽慰他,仿佛在为他祝福。

我也站了起来,走进女人那一队。接着,我想开玩笑,又排到男人那一队。我那件长袍完全可以使我装作男人。我来到圣人面前,跪下来,握住他伸出的手,没有亲吻它,而是舔它,舔每个指头。圣人试图抽回手,但我用双手将它握住。男人不知所措,我站起来,凑近他耳边说:

"很久以来没男人抚摸我的脸……来吧,用你的手指,用你的手心温柔地看看我。"

他向我俯身说:

"你终于来了!"